जलन

कुशवाहा 'कान्त'

डायमंड बुक्स

प्रकाशक : डायमंड पॉकेट बुक्स (प्रा.) लि.
X-30 ओखला इंडस्ट्रियल एरिया, फेज-II
नई दिल्ली-110020
फोन   : 011-40712200
ई-मेल   : sales@dpb.in
वेबसाइट   : www.diamondbook.in

Jalan
By : Kushwaha Kant

जलन

"चलिए, भोजन कर लीजिए!"

"भोजन की इच्छा नहीं है।" -मैंने कहा।

"इच्छा क्यों नहीं है? भला इस तरह भी कोई क्रोध करता है? दादी ने जरा-सी बात कह दी, बस आप रूठ बैठे।"

"मैं नहीं खाऊंगा।" -मैंने पूर्ववत् हठ किया।

उसके मुंह से एक सर्द आवाज निकली। बोली, "मत खाइए, मैं भी नहीं खाऊंगी।"

"...तुम...तुम भी...?" मैंने आश्चर्य और हैरानी से उस चौदह वर्ष की बालिका के मुंह की ओर देखा। यह भी कितनी नादान है कि बात-बात में जिद! आखिर इसे मुझमें इतनी ममता क्यों है? यह क्यों मेरे लिए इतना परेशान रहती है? अभी चार ही दिन हुए, मेरे एक गरीब रिश्तेदार की यह लड़की मेरे घर आई है -और इन चार दिनों में ही मेरी सारी फिक्र अपने ऊपर ले ली है। नाम है उसका 'तोरणवती', मगर लोग उसे तुरन ही कहकर पुकारते हैं। अब तक तो मेरे रूठ जाने पर कोई मनाने वाला न था, मैं दो-एक दिन बिन खाए ही रह जाता था, मगर तुरन के आ जाने से मुझे रोज खाना पड़ता है। वह ऐसी हठ लड़की है कि...

यौवन-रश्मि द्वारा प्रोद्भासित उसके भोले चेहरे की ओर मैंने देखा। वह उदास और गीली आंखें लिये खड़ी थी। मैंने कहा- "मेरे लिए इतना अफसोस क्यों करती हो तुरन, चलो मैं खाए लेता हूं।"

* * *

मैं उन अभागे व्यक्तियों में से हूं, जिनके साथ नियति ने गहरा मजाक किया है। अपनी श्रीमती जी ऐसी मिली कि मुझे घर से पूरी उदासीनता हो गई। प्रेम की दो बातें कभी मेरे कानों में न पड़ीं। मैं अभागा लेखक, केवल अपना शरीर लिये कुर्सी पर बैठा-बैठा लिखा करता था- परंतु तुरन के आते ही मेरा उजड़ा संसार हरा-भरा हो गया। दिल के बिखरे हुए टुकड़े एकत्रित होकर तुरन की ओर आकर्षित हो गए। हृदय को स्वच्छ प्रेम पाकर शांति मिली।

तुरन को मेरा काम करने में आनंद आता था। वह मेरा कमरा नित्य साफ कर दिया करती थी। मेरी धोतियों पर साबुन मल देती थी।--मैं हर्षातिरेक से विभोर हो उठता था।

तुरन के हर काम से यही प्रकट होता था कि वह भी मेरी ओर आकर्षित है। कभी-कभी मैं उसके हाथ को अपने हाथ में लेकर 'सामुद्रिक' देखता, तो कितना आनंद आता!

उस दिन अपने कमरे में बैठा हुआ, मैं लिखने में निमग्न था। तुरन दरवाजे के सामने आई। उसने मुझे देखा नहीं और अपने सिर से धोती हटाकर कुर्ती पहनने लगी। मेरी दृष्टि उधर जा

3

पड़ीं। देखा- जी भर के देखा। पराए की खूबसूरती देखना पाप है, मगर वह तो मेरे लिए पराई थी नहीं।

रात को मैंने उससे कहा- "तुरन, तुम्हारे चले जाने पर घर सूना हो जाएगा।"

वह हंस पड़ीं। बोली- "मेरे जैसी कितनी ही दासियां आपके घर रोज आती-जाती है।"

दूसरे दिन रात में दादी, फिर एकाएक मुझ पर बिगड़ उठी। घर में मेरी और तुरन की घनिष्ठता के बारे में चर्चा हो गई थी, इसी कारण दादी अक्सर मुझसे बिगड़ा करती थी। उस दिन बड़ी ग्लानि हुई। तुरन मेरे लिए पान लाई थी, मगर बिना पान खाए ही मैं अपने कमरे में चला आया और आधी रात तक विविध विचारों में झूलता रहा। आखिर तुरन मेरे लिए ही तो बिगड़ी जाती है- उफ!

"उठिए! ज्यादा सोने से तबीयत खराब हो जाएगी...।"

तुरन ने मेरे कमरे में आकर कहा। रात की ग्लानि से नौ बज जाने पर भी मैं उठा नहीं था। उठता भी नहीं, मगर तुरन ने मुझे जबरदस्ती उठाया। स्नान कर बाहर बैठक में चला आया। कुछ खाया भी नहीं। दोपहर को भी नहीं खाया। सारा दिन भूखा ही बैठक में बैठा रहा।

"आज दोपहर को खाने नहीं आए, मेरा तबीयत बड़ी बेचैन रही...।" शाम को आने पर तुरन ने कहा। पता लगाने पर मालूम हुआ कि तुरन ने भी एक दाना मुंह में नहीं रखा है।

दादी और मेरी श्रीमती जी बराबर उससे जला करती। दिन में उसे सैकड़ों झिड़कियां सहनी पड़ती थीं, फिर भी वह प्रसन्न थी। न जने क्यों?

उस दिन दादी ने शायद कुछ भला-बुरा कहा था, अतः शाम को वह आकर मुझसे बोली- "अब मुझसे पान न मांगा कीजिएगा। दादी को आपके प्रति मेरा यह आकर्षण अच्छा नहीं लगता।"

मैंने हृदय पर वज्र रखकर सब सुना। किस मुंह से तुरन को बताता कि मैं पहले पान छूता तक नहीं था-आजकल केवल उसके प्रेम के वशीभूत होकर पान खाने लगा हूं।

* * *

प्रातःकाल ही तुरन ने मुझसे अपने घर एक पत्र लिख देने का अनुरोध किया! मैंने लिख दिया। कबूतरों का शौक मेरे छोटे भाई को है। उसके दो कबूतर हमारे सामने आकर बैठ गए और आपस में प्रेम-प्रदर्शन करने लगे। हम दोनों अपलक दृष्टि से उनका वह कल्लोल देख रहे थे। कितने खुश थे वे दोनों जीव! काश, हम भी इन्हीं की तरह खुश हो सकते!

उस दिन ज्योंही मैं दोपहर में घर आया, तुरन झाड़ू लिए मेरे कमरे में आ पहुंची और बुहारने लगी। मैं कपड़े उतारकर जहां का तहां खड़ा रहा। वह बोली-"आप कपड़े उतार चुके हो तो बाहर आ जाएं- नहीं कोई देख लेगा तो..." मैं कमरे से बाहर निकल आया। भोजन करने के बाद उसने कहा, "पान रखा है ले लीजिएगा।"

मुझे बड़ी मानसिक व्यथा हुई। मैंने कहा- "पान-वान नहीं खाऊंगा।"

उसने फीकी हंसी हंसते हुए कहा- "मैंने नहीं लगाया है। चन्दो बीबी ने लगाया है।"

चंद्रकुमारी मेरी बहन का नाम है, मगर उसे सब चन्दो ही कहते हैं।

बैठक से जब घर में आया तो देखा, तुरन मुंह लटकाए छत पर खड़ी है। पूछा- "क्या बात है तुरन?"

"मैं अब जल्दी ही चली जाऊंगी। पोस्टकार्ड का दाम ले लीजिए न। आपने मेरे घर पर चिट्ठी जो लिखी थी...।" कहते-कहते उसने मेरी हथेली पर एक इकन्नी रख दी। मैंने उसका हाथ अपने हाथ में ले लिया। दो मिनट तक हम अपनी सुध भूल चूके थे।, फिर मैंने कहा- "मुझे इकन्नी से खरीदने की कोशिश न करो तुरन! तुमने तो मुझे बेदाम ही खरीद लिया है।"

"अब आपसे अधिक प्रेम नहीं बढ़ाऊंगी, नहीं तो यहां से जाने पर जी बेचैन रहेगा...।" उसने कहा।

संदूक से एक 'जम्फर और एक बॉडी' निकालकर उनके हाथों में पकड़ाते हुए करूण स्वर में बोला- "यह लो मेरी भेंट।"

और उसके कुछ कहने के पूर्व ही मैं वेदनाच्छन हृदय लिये कमरे के बाहर हो गया।

जमींदारी के काम कुछ ऐसा झंझट आ पड़ा कि पिता के जी कहने से मुझे दूसरे दिन इलाहाबाद जाने की तैयारी करनी पड़ीं। हाईकोर्ट में कोई तारीख थी। छटपटाकर रह गया। मैं जानता था कि तुरन अब जल्दी ही जाने वाली है।

कल मैं इलाहाबाद चला जाऊंगा और चार-पांच दिन के पहले न लौट सकूंगा। इस बीच तो मेरे हृदय की प्रतिमा अपने घर लौट जाएगी।

तुरन ने जब मेरे इलाहाबाद जाने की बात सुनी तो वह व्याकुल हो उठी। उसने दिन भर कुछ खाया नहीं। मेरा वक्त भी बड़ी बेचैनी से कटा। रात को मुझे तुरन के कमरे से सिसकने की आवाज सुनाई पड़ीं। मैं धीरे-धीरे उस ओर बढ़ा और उसकी कोठरी के दरवाजे पर आकर खड़ा हो गया। भीतर तुरन सिसक-सिसक कर रो रही थी।

धीरे से दरवाजा खोलकर मैं भीतर आ गया था। मुझे देखते ही उसने जल्दी से आंखें पोंछ लीं।

"दिल छोटा न करो तुरन।"

"चले जाइए आप, नहीं कोई देख लेगा तो...।"

"देखने दो तुरन!"- कहता हुआ मैं उसकी चारपाई पर जाकर बैठ गया। मेरी आंखें गीली हो रही थीं। मैंने कहा- "क्या इसी दिन के लिए मैंने तुम्हें अपने हृदय में स्थान दिया था, तुरन? मैं कल इलाहबाद चला जाऊंगा और तुम मेरे लौटने के पहले ही यहां से चली जाओगी।, फिर शायद ही हम तुम मिल सके...।"

तुरन हांफ रही थी-आप चले जाइए। मुझे रोने दें- जी भर के रो लेने दें।"

"तुरन! मैं एक कहानी सुनाने आया हूं।"

"कहानी?" उसने आश्चर्य से कहा।

"हां, आज मैं तुम्हें एक प्यासे आदमी की कहानी कहूंगा, जो जिंदगी भर प्रेम की जलन में झुलसता रहा। मेरी ही तरह उसके दिल में भी जलन थी, सुनोगी?"

"सुनाइए..." उसने उत्सुकता से कहा।

मैं कहने लगा और तुरन दत्त-चित्त होकर सुनने लगी।

एक

दुनिया उन्हें गरीब कहती है। भर पेट खाना और नींद भर सोना उनके लिए हराम है। रूखे-सूखे टुकड़ों पर गुजर कर, निर्जन गांव में रहते हुए वे अपना जीवन-निर्वाह करते हैं। उनकी मुखाकृति से विवशता और पहनावे से गरीबी टपकती है। जन्म से मृत्युपर्यन्त उनका जीव तूफान में पड़ीं हुई नाव की तरह डगमगाता रहता है।, फिर भी ईश्वर की इच्छा पर भरोसा करते हुए जो कुछ मिल गया, उसी पर वे संतोष करते है।

शहर काशगर से दूर एक छोटी सी बस्ती है, जिसमें खानाबदोश कबायली रहा करते है। बस्ती से कुछ दूर हटकर एक मनोहर तालाब है। चारों ओर पक्के घाट बने हुए हैं। बड़े-बड़े घनों वृक्षों की सघन छाया के नीचे बैठकर, राही अपनी थकावट दूर करते हैं। इस समय अस्त प्राय सूर्य की किरणें तालाब के पानी में स्वर्ण-रेखा सी चमक रही हैं, जिससे पानी में पांव लटकाकर बैठी हुई उस युवती के मुख की यौवन-रश्मि अद्भुत समां उपस्थित कर रही है। मैला-कुचैला पाजामा और पुरानी कुर्ती पहने रहने पर भी उसकी खूबसूरती छन-छन कर बाहर आ रही है। पंद्रह वर्ष कोमल कलिका, सुडौल शरीर, चांद-सा मुखड़ा, बड़ी-बड़ी आंखें, गुलाबी अधरोष्ठ! कहने का मतलब की सिर से पैर तक वह लाजवाब है।

पत्ते खड़के और तालाब के ऊपर एक सुंदर नवयुवक खड़ा दिखाई पड़ा। बाइस साल की उम्र और भीगती हुई मूंछें, सचमुच वह सुंदर लग रहा था। नवयुवक थोड़ी देर तक आबद्ध दृष्टि से पानी के साथ कल्लोल करती हुई उस युवती की ओर देखता रहा। धीरे-धीरे वह सीढ़ी से नीचे उतरने लगा और उसके पीछे आकर खड़ा हो गया।

"मेहरून्निसा!" उसने कांपते स्वर में पुकारा।

युवती ने मानो सुना ही नहीं। वह तन्मय सी अस्त प्राय होकर सूर्य की ओर देखती हुई जीवन की क्षणभंगुरता का अनुमान लगा रही थी शायद!

युवक ने पुनः पुकारा- "मेहर!"

मेहर चौंक पड़ीं, उसने वक्र दृष्टि से युवक की ओर देखा।

"तुम तो ऐसे रूठ गईं हो जैसे...।" कहता हुआ युवक मेहर के पास आकर बैठ गया।

"जहूर! तुमसे हजार बार, लाख बार कह चुकी हूं कि तुम मुझे फिजूल छेड़ा न करो, लेकिन तुम मानते नहीं। मुझे सताने में तुम्हें मिलता क्या है?" मेहर ने कम्पित स्वर में कहा। उसके चेहरे पर क्रोध की लालिमा अब भी स्पष्ट थी, परंतु उस कृत्रिम क्रोध के आवरण में छिपी हुई मुस्कराहट, जिसमें हृदय यंत्रों के तारों को झंकृत कर देने की पर्याप्त शक्ति थी, जहूर से छिपी न रही। वह मेहर की प्रतिदिन की झिड़कियां को सहन करने का आदी हो गया था। उसके हाथ को अपने हाथ में लेकर बोला- "मेहर! तुम नाहक ही गुस्सा करती हो। इसमें मेरा

क्या कसूर है? तुम्हीं बताओ? जिस वक्त तुम मेरी नजरों से दूर हो जाती हो, उस वक्त मुझे चारों तरफ अंधेरा-ही-अंधेरा दिखाई पड़ता है। दिल में मेरे दहशत-सी छा जाती है। मैं रजील नहीं हूं मेहर! तुम्हारी मुहब्बत ने मुझे दीवाना बना दिया है! मैं तुम्हारे लिए तबाह हो रहा हूं, लेकिन तुम्हें मेरी कुछ भी फिक्र नहीं। बोलो मेहर! वह दिन कब आएगा, जब हां हम-तुम एक हो सकेंगे?"

जहूर की बातें सुनकर मेहर के चेहरे पर हल्की सी मुस्कराहट खो गई। उसने जैसे लापरवाही से उत्तर दिया-"वह दिन आज ही...।"

"आज ही समझ लूं? या खुदा, यह क्या सच है, मेहर?" कहते हुए जहूर ने मेहर के गले में हाथ डाल दिया और मेहर ने उसे इतने जोरों का धक्का दिया कि सम्हलने के पूर्व ही पानी में जा गिरा। मेहर सक्रोध बोली-

"बदमाश कहीं के! बराबर तुम मुझे तंग किया करते हो। आज मैं जाकर सारी दास्तान अब्बा से कह दूंगी। कह दूंगी कि तुम मुझे अकेली देखकर हमेशा शरारत करते हो। तुम दुश्मन के बेटे हो। तुम्हारे कबीले और हमारे कबीले में बराबर जंग व दुश्मनी चली आ रही है। तुम इतनी दूर अपने कबीले को छोड़कर सिर्फ मेरे लिए यहां आते हो, क्या तुम्हें अपनी जान की परवाह नहीं।"

"सच्ची मुहब्बत जान की परवाह नहीं करता मेहर!" जहूर कहने लगा, जो अब तक तालाब से बाहर निकल आया था और सीढ़ियों पर खड़ा अपने कपड़े निचोड़ रहा था- "मैं जानता हूं कि शुरू से ही तुम्हारा कबीला हमारे कबीले से दुश्मनी रखता आ रहा है, यह भी जानता हूं कि मेरा दुश्मन के नजदीक आना खतरे से खाली नहीं, फिर भी मैं मजबूर हूं, अपने दिल से, मजबूर हूं तुम्हारी भोली सूरत से, मेहर! काश, तुम मेरे दिल की तड़पन देख सकती।"

"तुम बहुत मुंहफट हो।" मेहर ने कहा और उसके मदभरे नयन शोखी से नाच उठे। जहूर कहता गया, 'मेहर! जहां तक मुझे यकीन है, तुम्हारे दिल में भी मेरे लिए उतनी ही मुहब्बत है, जितनी मेरे दिल में, लेकिन नाहक ही तड़पाने के लिए तुम अपनी आदत से बाज नहीं आती। माना कि हम लोगों के अब्बा जान अलग-अलग कबीलों के सरदार हैं और दोनों कबीले एक-दूसरे के जानी दुश्मन हैं, लेकिन इससे हमारी मुहब्बत में तो कोई फर्क नहीं पड़ता।"

"मगर हमारी-तुम्हारी मुहब्बत निभ ही कैसे सकती है, जहूर! तुम्हारे भले के लिए ही कह रही हूं मैं कि तुम अभी अपने कबीले में लौट जाओ, वरना अगर मेरे कबीले का कोई आदमी तुम्हें देख लेगा तो तुम्हारी जान खतरे में पड़ जाएगी।" मेहर ने कहा।

जहूर कहने लगा- "मुझपर खतरा नहीं आ सकता, मेहर! मेरे साथ मेरा वफादार घोड़ा है। वह देखो, पेड़ की आड़ में खड़ा है। उसी की जीन में मेरी तलवार भी लटक रही है, जो वक्त पड़ने पर दुश्मन के ताजे खून से अपनी प्यास बुझा सकती है।"

"तुम बेवकूफ हो, हट जाओ मेरे रास्ते से। मैं अभी जाकर अब्बा से तुम्हारी शिकायत जरूर करूंगी।" कहती हुई मेहर सीढ़ियां चढ़ने लगी। तालाब के ऊपर आकर उसने एक नजर जहूर के तंदुरुस्त घोड़े और जीन से लटकती हुई तलवार पर डाली और तेजी से अपने कबीले की ओर चल पड़ी। जहूर एकटक उसकी ओर देखता रहा। उस समय पहाड़ी दृश्य बड़ा ही मनोरम और हृदयग्राही मालूम पड़ रहा था। हरे-हरे पहाड़ों के पश्चिम में अस्त होते सूर्य की सुनहरी किरणें अब भी पृथ्वी पर कहीं-कहीं खेल रही थीं। आती हुई संध्याकालीन दृश्यावली हृदय में एक विचित्र कौतूहल पैदा कर रही थी। जहूर यह सब निर्निमेष दृष्टि से देख रहा था। अपनी हृदय देवी की मनोहर अंतिम परछाई, जो घने वृक्षों के बीच में अभी-अभी लुप्त हुई थी।

बुड्ढा अब्दुल्ला अपनी झोंपड़ी के द्वार पर बैठा तम्बाकू पी रहा था। आयु भार से दबी हुई उसकी सफेद दाढ़ी, हवा के झोंके से धीरे-धीरे हिल रही थी। पेड़ के नीचे बंधा एक सफेद घोड़ा हिनहिना रहा था। साठ वर्ष का बुड्ढा अब्दुल्ला, अपने कबीले का सरदार था। कबीले का एक-एक आदमी- क्या वृद्ध, क्या युवा- उसके सामने जबान हिलाने का साहस नहीं कर सकता था। जवानी बीत जाने पर भी उसकी मुखाकृति पर इतना तेज था कि सहसा आंख मिलाना कठिन था।

उस युग में मुसलमानों के गिरोह (कबीले) जंगलों और पहाड़ों में अपने गांव बसाकर रहा करते थे। खानाबदोशों में उनकी गिनती थी। एक-एक गिरोह का एक सरदार हुआ करता था। ये कबीले अक्सर एक-दूसरे से लड़ा करते थे। यही उनकी दुनिया थी। बूढ़ा अब्दुल्ला भी एक कबीले का सरदार था। वह जितना ही बुड्ढा था, उतना ही साहसी भी था। उसके सिथिल हाथ-पांव में अभी भी युवा रक्त दौड़ रहा था। जमाना देखी हुई आंखों से अभी तक तेज टपकता था। मेहरून्निसा उसकी बेटी थी।

मेहर को अस्त-व्यस्त दौड़ती हुई आती देख बुड्ढा चौंक पड़ा। चारपाई से उठ खड़ा हो गया और अपनी धंसी, परंतु विशाल आंखों के ऊपर हथेली की आड़ देकर देखने लगा कि आखिर मेहर के इस तरह भागते हुए आने का कारण क्या है? मेहर हांफती हुई आकर खड़ी हो गई। उसके धूल-धूसरित खूबसूरत चेहरे पर पसीने की बूंदें उभर आई थी।

"क्या बात है मेहर?" -बुड्ढे ने प्रश्न सूचक स्वर में पूछा।

"अब्बा! मेरे अच्छे अब्बा!" मेहर कहने लगी, उसकी सांसे अभी तक जोरों से चल रही थी, "मैं परेशान हो गई हूं उससे। वह मुझे बहुत तंग करता है। जब कभी मुझे अकेली देखता है, अपनी आदत से बाज नहीं आता- शैतान कहीं का!"

"कौन करता है तुझे परेशान?" -बुड्ढे की आंखों में बेचैनी मिश्रित उत्सुकता फैल गई।

"वह जी-जान से मेरे पीछे पड़ा है। उसकी हरकतें बेहद गंदी होती हैं। वह मेरे कंधे पर हाथ रख देता है- कहता है तुम बहुत खूबसूरत हो। मैं तुमसे मुहब्बत करता हूं, मगर मेरी समझ में

नहीं आता कि यह मुहब्बत क्या बला है। आखिर यह मुहब्बत है क्या बला? तुम तो बुजुर्ग हो, बाबा! जानते ही होंगे?"

"बड़ी नादान है तू, पगली कहीं की।" बुड्ढा खिलखिलाकर हंस पड़ा, मगर मेहर को यह हंसी पसंद न आई। बोली, "तुम उसे मना कर देना कि वह मुझसे छेड़खानी न किया करे। वह दुश्मन का बेटा है।"

"दुश्मन का बेटा? यानी किसी दुश्मन ने तुझे तंग किया है?"

"तुम ठीक समझे अब्बा! रोज-ब-रोज उसकी शरारत बढ़ती जा रही है। जब मैं तालाब पर जाती हूं, वह तुम्हारे आदमियों की नज़र बचाकर वहां पहुंच जाता है। मैं तो उससे आजिज आ गई हूं।" -मेहर ने कहा।

"वह कौन है? कौन है वह शख्स? कौन है वह दुश्मन? जिसकी मौत उसे वहां खींच लाती है। कौन है वह मर्द का बच्चा जिसको मेरी तलवार का जरा भी भय नहीं। बता तो कौन है वो?" बूढ़े अब्दुल्ला के शरीर में एकबारगी खून लहरा उठा। उसकी दृष्टि खूंटी से लटकती हुई अपन तलवार पर जा पड़ीं और उसकी उंगलियां तलवार की मूठ पकड़ने के लिए व्यग्र हो उठीं।

"वह जहूर है अब्बा! दुनिया में मेरा सबसे बड़ा दुश्मन, जुम्मन! दगाबाज, बदजात कहीं का। उसकी ऐसी मजाल कि तुझसे मुहब्बत करे।" बुड्ढे ने कहा। क्रोध से उसके होंठ फड़क रहे थे। उसका सारा शरीर आवेश से कांप रहा था। "छोरी!" बुड्ढा गरजा। "मेरी बोतल ला।"

"बोतल?" मेहर ने आशंकित होकर कहा। बुड्ढे का रंग-ढंग देखकर वह डर सी गई। उसे जहूर का भविष्य अंधकारमय दिखने लगा। उफ्! बुड्ढा शराब पीकर न जाने क्या गजब ढाना चाहता है। कहीं जहूर और उसके बाप पर कोई आफत न आ जाए?

"सुनती है या नहीं?" बुड्ढा उबल पड़ा। "मेरी बोतल..! मेरी तलवार! दौड़ती जा और दौड़ती आ...और हां सुन, वहीं बोतल लाना, जो कल आई है,,पगली कहीं की। इस तरह देख रही है, मेरे मुंह की ओर? मेरे चेहरे पर कौन-सी लिखावट पढ़ रही है बोल?"

"अब्बा!"

"खुदा का कहर! तू मुझे बातों में भुलाना चाहती है। जा, जल्दी जा। जा मेरी पेटी भी लाती आना और घोड़े की जीन भी। आज कहर मचा दूंगा, कहर। जा.."

मैं नहीं जाती अब्बा!" -मेहर ने तुनक कर कहा।

"नहीं जाती?" एकाएक गुस्से से बुड्ढे का सारा शरीर कांप उठा। वह दो कदम आगे बढ़ आया और मेहर के सामने आकर खड़ा हो गया। उसकी चौड़ी हथेली हवा में उठी और चट्ट से मेहर के रक्तगाल पर पड़ीं। दर्द से मेहर चीख उठी। उसकी देदीप्यमान मुखाकृति म्लान पड़ गई।

"अब भी जाती है या नहीं-काटकर रख दूंगा।"

मेहर की आंखों में आंसू छलछला आए। आज तक उसके अब्बा ने उसके प्रति एक भी बदज़बान नहीं निकाली थी, तमाचा मारना तो दूर रहा। वह धीरे-धीरे अंदर गई और थोड़ी ही देर बाद, एक हाथ में बोतल और दूसरे हाथ में तलवार लेकर लौट आई।

"जब करेगी तो अधूरा काम। पेटी और जीन क्यों नहीं लाई? खुदा का कहर! तुझे जाने कब अक्ल आएगी?"

"हाथ तो दो ही थे, अब्बा चार चीजें कैसे लाती।" कहते-कहते मेहर की आंखों से आंसू की दो बूंदें टपककर जमीन पर आ गिरी।

"यह क्या आंसू निकल आए? बड़ी पगली है, बेटी मेरी। तलवार लगती तो कैसे बर्दाश्त करती?" मेहर की आंखों में आंसू देखकर बुड्ढा पिघल गया-"अच्छा यहां सुन। सुन, भीतर ना जा। मत जा, मैं कहता हूं ना।"

मेहर रुक गई। बुड्ढा मेहर के सामने आकर खड़ा हो गया। बोला, जरा-सी बात पर रूठ जाती है? मैं बूढ़ा हो गया हूं न! ला तेरी आंख पोंछ दूं। उफ रे, परवरदिगार। ये आंसू हैं या मोती की लड़ियां। फिजूल इन मोतियों को क्यों बर्बाद करती है। नादान कहीं की, कहां चली?"

"पेटी और जीन लेने।" -मेहर ने सिसकते हुए कहा।

"बड़ी पगली है तू? यहां आ, तू बैठ यहीं।हां बैठ जा।" बुड्ढे ने मेहर का कंधा पकड़कर चारपाई पर बैठा दिया और अंदर जाकर एक बरतन में कबूतर का शोरबा ले आया। मेहर के सामने रखकर बोला-"ले इसे चख! कितना लजीज है। अभी ताजा ही बनाया है। मैं खुद ही पेटी और जीन ले आता हूं।"

बुड्ढा भीतर जाकर पेटी और जीन उठा लाया। जीन को घोड़े की पीठ पर कसकर पेटी अपनी कमर में बांध ली। तलवार पेटी से लटका ली। बोतल अभी तक अछूती ही पड़ीं थी। उसने उसका ढक्कन खोला और समूची शराब पेट में उड़ेल ली। एक बूंद भी न बची। तेज शराब कलेजे को जलाती हुई नीचे उतर गई। बुड्ढे के शरीर में गर्मी आ गई।

"देख...।" बुड्ढा घोड़े की पीठ पर हाथ रखकर मेहर से बोला-"मैं जा रहा हूं इंतकाम लेने। जिसके लड़के ने मेरी बेटी को तंग किया है, उसे काटकर यों फेंक दूंगा।" कहता हुआ बुड्ढा उछलकर घोड़े पर चढ़ बैठा।

"अब्बा! तुम न जाओ, मेरे अच्छे अब्बा! दुश्मन के कबीले में अकेले मत जाओ।"

"अकेले। यह देख मेरे दोनों हाथ। यह देख मेरी शमशीर और यह देख मुझको। बुड्ढा हो गया हूं तो क्या, सैकड़ों जवानों को अकेले काट दूंगा। दुनिया में अकेला ही आया हूं और अकेला ही जाना है।" बुड्ढे ने घोड़े को आड़ लगाई। घोड़ा मालिक का संकेत पाकर तेजी से भाग चला। मेहर धड़कते हुए हृदय से सोचने लगी-या खुदा! अब क्या होगा?

इधर मेहर सोच रही थी और उधर काली रात अपना भयानक रूप लेकर चली आ रही थी।

* * *

"जहूर बेटा! खिड़की बंद कर दो। ठंडी हवा चल रही है।" कहता हुआ जुम्मन दर्द से कराह उठा। आज चार दिनों से उसे बराबर बुखार आ रहा था। उसकी पीठ का घाव अच्छा होने का नाम ही नहीं लेता था।

"बंद कर बेटा, क्या कर रहा है तू?" जुम्मन ने पुनः शिथिल स्वर में पुकारा।

"अब्बाजान!"- कहता हुआ जहूर झोंपड़ी के अंदर आया। हाथ बढ़ाकर उसने खिड़की बंद कर दी और मशाल की लौ तेज करता हुआ बोला- अब्बा! रात होने को आई, मगर अभी तक आपने एक दाना भी मुंह में नहीं रखा।"

"मेरी फिक्र न कर बेटा, मैं बूढ़ा आदमी रहूं या न रहूं कोई हर्ज नहीं। तू अब सयाना लड़ने-भिड़ने लायक हो गया है। तुझ पर अपने कबीले का सारा भार छोड़कर, अब मैं राहे-अदम को रवाना हो जाऊंगा। कौन जानता था कि वह पीठ का जख्म और जख्म भी इतना बड़ा? या खुदा! -शिकार में शेर का पीछा किया। शेर भीड़ गया मुझसे, उसका पंजा मेरी पीठ पर ऐसा बैठा ...उफ! जहूर, दर्द मुझे बेचैन किए हुए है, मगर तू मेरी फिक्र छोड़कर दिनभर न जाने कहां गायब रहता है? बताता भी नहीं कि आखिर तू ऐसा कौन-सा जरूरी काम करता है..।"

"ज्यादा न बोलिए, अब्बाजान! आपकी तकलीफ हो रही होगी।" जहूर ने बात बदल दी। कैसे बताता कि वह प्रेम की चोट से घायल होकर आसक्त बना हुआ वह आजकल दुश्मन की लड़की के पीछे घुमा करता है।

"तकलीफ की क्या बात है, बेटे! तकलीफ में तो हमारी जिंदगी फली-फूली है। जिस शख्स ने तकलीफ नहीं सही, वह क्या जान सकेगा कि..हैं, यह आवाज कैसी? देख बेटे! यह घोड़े के टापों की आवाज मालूम पड़ती है। इतनी तेज! घोड़ा है या तूफान।" उत्सुकता से बुड्ढा उठकर बैठ गया।

"आप लेटे रहें, अब्बा! कोई राही होगा।-"

"राही नहीं बेटा! सुन रहा है घोड़े की टाप कितनी तेजी से पड़ रही हैं। कबीले वालों में सिर्फ एक ही आदमी इतनी तेज घोड़े की सवारी कर सकता है- सिर्फ वही।"

"कौन वही अब्बाजान?" -जहूर को आश्चर्य हुआ।

"वही मेरा दुश्मन- बुड्ढा अब्दुल्ला। सच मान बेटे! सिर्फ वही इतनी तेज सवारी कर सकता है। मैंने उसकी सवारी देखी है। मालूम होता है, जैसे आंधी। तूफान, मगर वह इतनी रात गए यहां आया क्यों? यह ले टाप की आवाज हमारे दरवाजे पर आकर रुक गई। मालूम होता है वह यही उतरा है। देख तो बेटे! मेरे दुश्मन अब्दुल्ला को कोई तकलीफ तो नहीं। याद रख, घर आए दुश्मन से दोस्ती का सलूक किया जाता है। जा, जल्दी जा।" जुम्मन ने कहा।

12

जहूर, शंका, भय, घबराहट और आने वाली विपत्ति का आभास पाकर एकदम विचलित सा हो गया। वह उठा और धीरे-धीरे पांव बढ़ाता हुआ झोंपड़ी के बाहर आया। रात हो चुकी थी, परंतु उदय होते हुए चंद्र का प्रकाश चारों ओर फैल चुका था।

जहूर ने देखा- एक अश्वारोही घोड़े से उतरकर उसकी ओर बढ़ा आ रहा है। हाथ में नंगी तलवार चंद्रमा के प्रकाश में बिजली सी चमक रही है। जहूर ने पहचाना, अश्वारोही अब्दुल्ला ही था। क्रोध से कांपता हुआ आगे बढ़ा आ रहा था वह।

"कहां है? कहां है वह बुड्ढा जुम्मन?" अब्दुल्ला की तेज आवाज गूंज उठी।

"क्या बात है मेरे बुजुर्ग?" जहूर ने अदब से पूछा।

"क्या है? इतना अनजान बनता है?" बुड्ढा अब्दुल्ला गरज उठा, "चोरी और सीनाजोरी। इतने दिनों बाद आज मौका मिला है। सालों की प्यासी मेरी तलवार आज ताजा खून से अपनी प्यास बुझाने आई है। बुला, कहां है जुम्मन?"

"वे जख्मी होकर बिस्तर पर पड़े हैं।"

"जख्मी होकर बिस्तर पर पड़े हैं।" उसने व्यंग्य से उसकी बात को दोहराते हुए कहा, "बहाना बनाता है? जुम्मन की बहादुरी पर दाग लगाना चाहता है। जा, उससे कह दे, आज अब्दुल्ला अपना बदला चुकाने आया है, उसके कलेजे में अपनी तलवार रखने आया है और उसके सिर को अपने हाथों उछालने आया है। जा, जल्द जा।"

अब्दुल्ला का क्रोध चरम सीमा तक पहुंच गया था -तू जाता है या नहीं -कि मैं ही जाकर झोंपड़ी में से उसे घसीट लाऊं। छोकरा कहीं का। और सुन, धीरे-धीरे जा रहा है, जैसे पैर में कांटे गड़े हों। पर लगाकर जा, उड़ जा तेजी से।"

भयाक्रांत जहूर, झोंपड़ी के भीतर घुसा। जुम्मन ने उसके माथे पर चिंता की रेखाएं देखकर पूछा, "वह क्या कह रहा बेटे! मेरी शान के खिलाफ कोई बात तो नहीं कर रहा है।"

"अब्ब, वह अपना बदला लेने आया है।"

"बदला?" जुम्मन की भवें तन गईं- "बदला। वह बदला लेने आया है मुझसे। बुड्ढा कहीं का।" जुम्मन क्रोधित हो उठा- "कोई बात नहीं बेटे, मेरी तलवार दे और हां, उसके पास तलवार है या नहीं? न हो तो उसको भी दे आ।"

"मगर अब्बाजान, ऐसी हालत में।"

"फिक्र मत कर, जहूर! चुपचाप तमाशा देख।" जुम्मन लड़खड़ाते पैरों से उठा, खूंटी से लटकती हुई तलवार उतारी और झोंपड़ी के बाहर आ गया। झटके के कारण पीठ के घाव से रक्तस्राव होने लगा। व्यंग्य से मुस्कराता हुआ जुम्मन बोला-आ गए मेरे जईफ दोस्त, मेरी तलवार को अपना खून चखाने।"

"हां, आ गया हूं। ले अब देख बुड्ढे का हौसला बुला, जितने तेरे आदमी हो।"

"आदमी बुलाने की जरूरत नहीं, तुम अकेले आए हो, अकेले के लिए मैं अकेला काफी हूं- आ जाओ। यह ले।" और विद्युत वेग से दोनों प्रतिद्वंद्वियों की तलवारें आपस में जा टकराई। झनून का शब्द हुआ।

"अपना सिर बचाकर वार करना, मेरे दोस्त।" कहते हुए जुम्मन ने तलवार का भरपूर वार किया।

अब्दुल्ला कम होशियार नहीं था। बराबर की लड़ाई होने लगी। तलवारों की झनझनाहट से दिशाएं गूंज उठीं। जुम्मन के कबीले के कई आदमी घटनास्थल पर आकर दोनों प्रतिद्वंद्वियों का अस्त्र-संचालन देखने लगे। जुम्मन जख्मी था- फिर भी यथाशक्ति अब्दुल्ला का मुकाबला कर रहा था।

"जुम्मन! मैदाने-जंग में अब्दुल्ला की तलवार ठीक निशाने पर पड़ती है। यह ले...।" बिजली की तरह अब्दुल्ला की तलवार जुम्मन के कलेजे की ओर बढ़ी।

जुम्मन को सम्हलने का मौका भी न मिला और जोरों की एक चीख के साथ अभागा जुम्मन जमीन पर लोट गया।

"खबरदार! तलवार म्यान के बाहर ही रहे। बाप को मारकर, बेटे से बचकर नहीं जा सकोगे।" जहूर ने अपनी तलवार खींच ली।

"तू छोकरा पागल हो गया है क्या? बाप की तरह तू भी कज्जाके अजल का शिकार बनना चाहता है? शाबाश छोकरे! मैं तेरी हिम्मत की कद्र करता हूं। आ बेटे, तू भी अपना हौसला पूरा कर ले।" कहते-कहते अब्दुल्ला की तलवार हवा में नाच उठी। तलवारों के टकराने की आवाज चारों ओर गूंजने लगी।

"शाबाश बेटे, खूब वार करता है।" जहूर का कौशल देखकर बुड्ढा अब्दुल्ला को आश्चर्य हो रहा था।

"तुमने मुझसे तलवार बाजी करके बड़ी भूल की है, मेरे बुजुर्ग! अब तुम्हारा बचना गैर-मुमकिन है।" जहूर की तलवार तेजी से नाच रही थी।

"अभी तक तो खेल कर रहा था छोकरे। नहीं तो मच्छर को मारते क्या देर लगती है। अच्छा तो सम्हल।" अब्दुल्ला की तलवार लपकी जहूर की ओर। थोड़ी-सी गफलत में उसका सिर हवा में उड़ता नजर आता, परंतु उसकी तलवार समय पर अब्दुल्ला की तलवार से जा भिड़ी। वार बचा लिया उसने।

"छोकरा है या आफत।" अब्दुल्ला के मुंह से हठत आश्चर्यमिश्रित शब्द निकल पड़े।

"अब तुम बचना मेरे बुजुर्ग दुश्मन।" जहूर की तलवार चंद्रमा के प्रकाश में चमक उठी। उसी समय अब्दुल्ला का हाथ कांप गया। तलवार छूटकर जमीन पर गिर पड़ीं। देर तक लड़ते रहने के कारण वह काफी थक चुका था। जहूर की तलवार उसके सीने को लक्ष्य करती हुई तेजी से आगे बढ़ी। बुड्ढा मात के समीप था।

“यह देख बेटे।” कहता हुआ अब्दुल्ला पैंतरे से दूसरी ओर जा रहा था। जहूर की तलवार हवा को चीरती हुई जमीन में धंसकर दो टुकड़े हो गई। कड़ा झटका लगने से जहूर मुंह के बल जमीन पर आ रहा था।

अब्दुल्ला ने आगे बढ़कर जहूर की पीठ पर जोरों की लात मारी। बेचारा नौजवान बेहोश हो गया।

अब तक कि उसके कबीले वाले सम्हलें आफत के परकाले अब्दुल्ला ने बेहोश जहूर को उठाकर अपने घोड़े पर लाद लिया और आप भी उस घोड़े पर चढ़ बैठा।

निमेष मात्र में चंद्रमा के प्रकाश से दूर, पेड़ों की सघन पंक्तियों में जाकर वह अदृश्य हो गया।

दो

'सावधान। कौन आ रहा है? प्रहरी का तीव्र स्वर अंधेरी रात में गूंज उठा।

वह आदमी, जिसकी धुंधली परछाई देखकर प्रहरी ने आवाज लगाई थी, एक क्षण ठिठका, फिर कुछ सोचकर आगे बढ़ा।

"होशियार, आगे पैर रखकर अपनी मौत न बुलाओ।" प्रहरी पुनः गरज उठा। उसके हाथ की भारी बंदूक अपने लक्ष्य के लिए सीधी हुई। उसके साथी भी, उसके पास ही पड़े हुए आराम से खर्राटे भर रहे थे, आवाज सुनकर उठ बैठे।

"वह देखो, अंधेरे में कोई खड़ा है, पता नहीं कौन है-" उसने अपने साथियों से कहा।

आने वाला आदमी पुनः धीरे-धीरे आगे बढ़ने लगा। सब प्रहरी चौकन्ने हो गए। एक पंक्ति में खड़े होकर उन्होंने अपनी-अपनी बंदूकें सीधी कीं।

"आखिरी बार पूछा जाता है- दोस्त या दुश्मन? हमारी बंदूक आग निगलने को तैयार है।" एक पहरेदार ने, फिर ऊंचे स्वर में कहा।

आने वाला आदमी अब तक समीप आ चुका था। प्रहरियों का आदेश सुनकर वह, फिर ठिठक गया। उसका हाथ बगल की जेब में गया। दूसरे ही क्षण उसकी हथेली पर कोई चीज अंधेरी रात में जुगनू-सी चमक उठी।

"...है.... वजीरे आजम! इस अंधेरी रात में। यहां? -अकस्मात् प्रहरियों के मुंह से आश्चर्यसूचक स्वर निकल पड़े। उनकी तनी हुई बंदूकें नीची हो गईं। सबों ने आने वाले को तीन बार झुककर अभिवादन किया, फिर पंक्तिबद्ध होकर प्रस्तर प्रतिमा की तरह एकदम सीधे खड़े हो गए- ठीक सामने की ओर देखते हुए।

वह प्रहरियों के सामने आकर रुक गया। पास ही मशाल जल रही थी, जिससे आने वाले की आकृति कुछ और स्पष्ट हो गई।

पचास वर्ष से ऊपर की उम्र में भी उसकी आंखों में अभी तक तेज विद्यमान था। उसकी लम्बी दाढ़ी अभी तक पूर्णरूप से सफेद नहीं हुई थी। ऊपर से एक काला लबादा ओढ़े रहने के कारण, यह नहीं प्रकट होता था कि उसके शरीर पर कैसे वस्त्र हैं।

"शहंशाह इस वक्त कहां है?" आने वाले ने जो कि सल्तनत काशगर का वजीर था, पूछा।

"ख्वाबगाह में आराम फरमा रहे हैं-" एक प्रहरी ने तीन बार, फिर अभिवादन करते हुए कहा।

"साथ में कौन है?"

"साथ में कोई नहीं, सिर्फ तीन बांदियां है।"

“मुझे बहुत जरूरी काम से सुलतान से इसी वक्त मिलना है। देर होने से मुमकिन है कि बहुत बड़ा नुकसान हो जाए। तुम भीतर ड्‌यौढ़ी पर जाकर कहो कि मैं इसी वक्त सुलतान से भेंट करना चाहता हूं।” -वजीर ने कहा। उसके चेहरे से व्यग्रता टपक रही थी।

प्रहरी अभिवादन कर भीतर चला गया। वजीर व्याकुलता से इधर-उधर टहलने लगा।

थोड़ी ही देर में प्रहरी लौट आया और अभिवादन कर बोला- “आप जा सकते हैं।”

झपटता हुआ वजीर अंदर चला गया। अंदर सात फाटक मिले। किसी पर पहरेदारों का पहरा था और किसी पर ख्वाजासराओं का। आखिरी फाटक पर सुंदर बांदिया पहरा दिया करती थीं। वजीर को ऐसे समय में आया देख, बांदियों के आश्चर्य की सीमा न रही। वजीर उनसे कुछ न बोला। पास ही रेशम की एक पतली डोर लटक रही थी। वजीर ने धीरे से वह डोर दो बार खींची और प्रत्युत्तर के लिए चुपचाप खड़ा हो गया।

* * *

धन की भी सीमा होती हैं? परंतु शाही महल इस सीमा के परे है। इन्तहा दौलत चारों ओर बिखरी पड़ीं है। देखकर यह जानने का कौतूहल होता है कि क्या खुदा के स्वर्ग में इस शाही महल से बढ़कर आराम होगा?

सुल्तनत काशगर के ख्वाबगाह का क्या पूछना? जन्नत की हूरों को भी ऐसे ख्वाबगाह नसीब न होते होंगे। ऐसा है उनका ख्वाबगाह!

रंग-बिरंगी चित्रकारी, बड़े-बड़े मोमी शमादान, बहूमूल्य कालीनें और मनोरंजन के लिए सुंदर बांदिया, इतनी सुंदर की जन्नत की हूरें भी रश्क करें।

ओह, सुलतान का जीवन भी कितना विलासमय है?

इस समय सुलतान काशगर अपने ख्वाबगाह में एक रत्न-जड़ित पलंग पर लेटे हुए आराम फरमा रहे हैं। दुनिया की अथवा सल्तनत की उन्हें कोई चिंता नहीं। उनकी सुंदर मुखाकृति, काली-काली ऐंठी हुई मूंछें, बड़े-बड़े नेत्रद्वय, उन्नत ललाट, अप्रकट प्रतिभा के साक्षी है। उम्र लगभग सत्ताईस साल की है, लेकिन इतनी कम उम्र में ही उन्होंने राज्य का संपूर्ण उत्तरदायित्व अपने ऊपर ले लिया है। रियाया उनसे बहुत प्रसन्न रहती है।

सुलतान के पास ही पलंग पर तीन सुंदर युवतियां लेटी हुई है। सुलतान की तरह उन्हें भी आस-पास की कोई चिंता नहीं है। उनके वस्त्र अस्त-व्यस्त हो गए हैं, फिर भी वे आराम से खर्राटे ले रही हैं।

पलंग के पास ही चांदी की चौकी पर सुराही और प्याला रखा है, जिससे मालूम होता है कि सोने से पहले वहां शरबते-अनार का खुलकर दौर-दौरा हुआ था। सबब यही हैं कि सुलतान और छोकरियां एक तरह से बेसुध और चिंतारहित होकर सो रही हैं। ख्वबगाह के एक कोने में पीतल का एक छोटा-सा घंटा टंगा हुआ है, जिसकी चमक सोने जैसी है।

17

घंटा हिला। टन-टन का शब्द हुआ।, फिर हिला, फिर शब्द हुआ-टन-टन!!

"यह बेवक्त घंटे की आवाज कैसी?"... कहते हुए सुलतान काशगर हड़बड़ाकर उठ बैठे। उनकी दृष्टि तत्क्षण कोने में हिलते हुए घंटे पर जा पड़ीं। घंटा अभी तक हिल रहा था। उसकी आवाज अभी तक ख्वाबगाह में गूंज रही थी।

सुलतान ने शीघ्रता से तीनों युवतियों को जगाया। सुलतान की आंखों में आश्चर्य का भाव देखकर उनका सुख स्वप्न भंग हो गया और वे सोने की अवस्था में उठकर खड़ी हो गईं।

"अपने वस्त्र सम्हाल लो और दरवाजा खोल दो। वजीरे आजम इस बेवक्त मिलने आए हैं, कोई पेचीदा मामला जान पड़ता है- जल्दी करो।" सुलतान ने गंभीरता से कहा। उनके ललाट पर व्याकुलता के चिह्न प्रकट हो आए थे। उन्हें आश्चर्य हो रहा था कि इतनी रात गए वजीर क्यों आए हैं उनके पास?

वजीर के अतिरिक्त और किसी को भी सुलतान से असमय में मिलने की आज्ञा न थी।

युवतियों ने अपने अस्त-व्यस्त कपड़ों को यथास्थान कर लिया। एक ने सुलतान का शाही चोगा लाकर रख दिया। दूसरे ने वजीर के लिए एक चांदी की कुर्सी लाकर रख दी और तीसरे ने आगे बढ़कर मुख्य द्वार धीरे से खोल दिया।

घबराहट की अवस्था में वजीर अंदर आया और उसने अदब के साथ सुलतान का अभिवादन किया। युवतियां श्रेणीबद्ध होकर चुपचाप खड़ी हो गईं।

"इतनी रात को तुमने क्यों तकलीफ की? तुम्हारी सूरत पर इतनी परेशानी क्यों?"- सुलतान ने प्रश्न किया।

"जहांपनाह! बात बड़ी खौफनाक है-" वजीर ने उत्तर दिया।

"जाओ-" सुलतान ने युवतियों को आदेश दिया और गांव तकिये के सहारे उठकर वजीर से पूछा, "बताओ, किस बात ने तुम्हें इतना परेशान कर रखा है? मुझे सख्त ताज्जुब हो रहा है कि तुम...।"

"बात बड़ी हैरत की शहंशाह! मैं वजीर हूं, अदना वजीर! और आप हैं दीन-दुनिया के मालिक। मैं किस मुंह से वह हैरतअंगेज दास्तान आपको सुनाऊं? डर है मुझे कहीं वह बात कहकर मैं खुद जहांपनाह के गुस्से का शिकार न हो जाऊं।, फिर भी जहांपनाह यकीन रखें- अगर मेरे खून का एक-एक कतरा, मेरे मांस का एक-एक जर्रा भी आपके काम आ सके तो मैं जां-निसारी के लिए तहेदिल से तैयार रहूंगा..." वजीर ने मिश्रित स्वर में कहा।

उसका शरीर बेतरह कांप रहा था। उसकी समझ में नहीं आ रहा था कि वह सुलतान के आगे किस तरह, किस साहस वह भयानक बात कहें, जिसे कहने के लिए वह इतनी रात गए यहां आया है।

“बात क्या है, मेरे बुजुर्ग वजीर? साफ-साफ कहो, मैं सब सुनने को तैयार हूं। कहर के अल्फाज भी मुझे मायूस नहीं कर सकेंगे। तुम कहो, दिल खोलकर कहो...” सुलतान ने वजीर को सांत्वना दी। उनकी भी उत्सुकता बढ़ती जा रही थी।

“किस मुंह से कहूं, शहंशाह हुजूर। आसमान फट पड़ेगा, जमीन पर कहर मच जाएगा, चांद और तारे आसमान से टूट पड़ेंगे, मगर जहांपनाह, सब कुछ कह दूंगा-सारा राज फाश कर दूंगा। आज तक अपनी आंखों से महल में जो-जो तमाशे देखे, उन्हें अब तक चुपचाप देखता रहा, मगर अब चुप न रहूंगा... सुनिए शहंशाह।” एक बार वजीर का शरीर रोमांचित होकर कांप उठाए, धड़कन बढ़ गई, होठ सूख गए।

जीभ से होंठ तार करता हुआ वजीर बोला- “उफ! फरिश्ते जैसा खाविंद छोड़कर जो बेगम, जो मल्का बुरे रास्ते पर कदम रखे, बदकारी करे-इससे बढ़कर खौफनाक चीज और क्या हो सकती है।”

वजीर की अंतिम बात से सुलतान चौंक पड़े- “वजीर! बात क्या है? जल्दी कहो, तूफान-सा मचा दिया है तुमने मेरे दिल में। मेरा वक्त जाया न करो। साफ-साफ बोलो, मेरे जईफ वजीर!”

“मेरे मालिक!

मेरे आका!” वजीर हांफता हुआ बोला, “मेरा कसूर माफ करेंगे, मगर आप यह बात सुनकर अपने दिल पर काबू न रख सकेंगे। जहांपनाह, या इलाही। या खुदा। मुझे कहने की हिम्मत दें और शहंशाह को सुनने की ताकत दें।”

वजीर!” एकाएक सुलतान का स्वर कठोर हो गया। उनकी मुखाकृति पर क्रोध की लाली दौड़ आई।

“गुस्सा न कीजिए, मेरे आका!” कहते-कहते बुड्ढा वजीर अदब से सुलतान के पैरों पर झुक गया।

इतने रजील न बनो, मेरे बुजुर्ग। दिल को काबू में रखो और कह डालो उस बात को, जिसने जिगर में तूफान बनकर तुम्हें और मुझे दोनों को परेशान कर दिया है।”

-सुलतान की आवाज में मुलामियत से ज्यादा कड़ाई थी।

“शहंशाह! दीन-दुनिया के मालिक। सुनिए, मल्काए-आलम की काली करतूत।”

“मल्काए-आलम की काली करतूत? वजीर, यह तुम क्या कह रहे हो?”

“ठीक कह रहा हूं जहांपनाह! आप यहां रंग महल में मौज उड़ा रहे हैं और उधर अपने महल में मल्काए-आलम भी एक नौजवान गुलाम के साथ...।”

“गुलाम के साथ! यह तुम क्या कह रहे हो, वजीर? तुम्हें अपने सिर की परवाह है या नहीं? "मल्काए-आलम पर ..'सुलतान गुस्से से कांपने लगे।

“मैं सबूत भी दे सकता हूं हुजूर।”

"सबूत? तुम सबूत भी दे सकते हो। और उसके खिलाफ जो दीन-दुनिया के मालिक सुलतान काशगर के दिल की रानी है- उसकी करतूतों को तुम साबित कर सकते हो? या, खुदा। कहने वाली जबान गल क्यों नहीं गई? सुनने वाले के कान बहरे क्यों नहीं हो गए?"

सुलतान का सिर एक ओर लटक गया। शायद उन्हें गश आ गया था?

"जहांपनाह!"

"मैं!..." सुलतान की तबीयत धीरे-धीरे ठीक हो गई, "मैं सबूत चाहता हूं। चलो, मैं मल्काए-आलम तक चलता हूं। वहां अगर तुम्हारी बातों का पूरा सबूत न मिला तो मेरी तलवार तुम्हारा सिर तराश लेगी!" -सुलतान ने अपनी तलवार कमर से लटकाते हुए कहा।

"हुजूर किस रास्ते से चलेंगे!"

"छिपे रास्ते से तुम मेरे पीछे-पीछे आओ..." कहते हुए सुलतान ने पास ही लगी हुई चांदी की एक मूठ धीरे से घुमा दी।

मूठ घुमाते ही दीवाल में थोड़ा-सा कंपन्न हुआ और एक मनुष्य के जाने योग्य दरार हो गई। सुलतान और वजीर क्रमशः उस दरार में घुस गए। उनके भीतर प्रवेश करते ही वह दीवार पुनः आपस में जा मिली और वह स्थान पूर्ववत् बिल्कुल साफ दिखाई देने लगा।

वह हृदयग्राही विशाल उद्यान है जिसमें रंग-बिरंगे फूल खिलकर हवा में अपनी सुगंध फैला रहे हैं। स्थान-स्थान पर संगमरमर के फव्वारे से बने हुए हैं, जिससे इस आधी रात के समय भी पानी की फुवारें उठा रही है।

चंद्रमा की जोत्सना में उद्यान की शोभा दर्शनीय है। उद्यान के मध्य भाग में एक छोटा-सा महल बना हुआ है। छोटा होने पर भी महल की निर्माण-कला अद्वितीय है। सुंदर गुमटियां बनी हुई हैं। गुमटियां चतुर्दिक लताओं द्वारा आच्छादित हैं। लताओं के घनीभूत होने के कारण यहां कोई सहज ही अपने आपको छिपा सकता है।

वजीर और सुलतान ने उसी स्थान से सब कुछ देखने का निश्चय किया।

"गौर से देखिए हुजूर। वह दोनों है, मल्काए-आलम और वह गुलाम।" वजीर ने सुलतान के कान के पास मुंह सटाकर कहा।

सुलतान लताओं को हटाकर इधर-उधर देखने लगे, "मुझे तो कुछ दिखाई नहीं पड़ता।" उन्होंने थोड़ी देर के बाद कहा।

"कुछ दिखाई नहीं पड़ता?" वजीर आश्चर्य से बोला, "या इलाही! मेरी जईफ आंखों से भी आपकी आंखें कमजोर हैं? अच्छा और नजदीक आकर देखिए।"

वजीर और सुलतान पेड़ों की ओट लेते हुए आगे बढ़े। एक पेड़ के नीचे पहुंचते ही सुलतान ठिठककर खड़े हो गए।

उन्होंने देखा, साफ चांदनी में, दूध में धोई रात में, अपने दिल की रानी मल्काए-आलम का कपट व्यवहार कुत्सित प्रेम-लीला।

उन्होंने देखा- जलती हुई आंखों में, धड़कते हुए हृदय से और खोलते हुए खून से विश्वासघात का वह दृश्य जिसका सीमा असीम है। मल्का अपने प्रेमी के साथ स्फटिक शीला पर बैठकर प्रेमालाप में इतनी तल्लीन थीं कि उन्हें अपने अस्त-व्यस्त कपड़ों का तनिक भी ध्यान न था। प्रेमी युवक क्षुद्र अनुचर मात्र था। इतनी बड़ी सल्तनत के अधिपति सुल्तान को छोड़कर मल्का ने क्षुद्र गुलाम के हाथ अपनी प्रतिष्ठा अपनी मर्यादा और अपने सतीत्व का सौदा किया था। विश्वासघात का इससे बड़ा उदाहरण और क्या हो सकता है?

स्थिर एवं प्रस्तरवत नेत्रों से सुल्तान सब-कुछ देख रहे थे। क्रोध से शरीर कांप रहा था। हाथ तलवार की मूठ पर था। थोड़ी देर तक सुल्तान उनकी क्षण-क्षण परिवर्तन होने वाले क्रियाकलापों को खड़े देखते रहे। सुल्तान की जगह यदि कोई और मनुष्य होता, तो कदापि इस तरह चुपचाप वह दृश्य नहीं देख सकता था। वह क्रोधवश या तो मूर्च्छित होकर गिर पड़ता या दोनों का सिर धड़ से अलग कर देता।

परंतु सुल्तान तो सुल्तान थे। साधारण मनुष्य में और उनमें बहुत अंतर था। उन्होंने सब-कुछ शान्तचित्त से देखा, फिर एकाएक घूम पड़े। एक दीर्घ श्वास लेकर उन्होंने कहा- "तुम्हारा सिर बच गया मेरे बुजुर्ग। वाकई तुम्हारा कहना ठीक था।"

ऊपर से सुल्तान बहुत शांत और गंभीर दिख पड़ रहें थे, परंतु उनकी आंतरिक अवस्था अत्यंत शोचनीय थी। उनके हृदय में दारुण ज्वाला धड़क रही थी। औरतों के प्रेम में छिपी हुई वासनात्मक प्रवृत्ति और उनके दुर्गम चरित्र को देखकर उन्हें बड़ी ही ग्लानि हो रही थी।

"तुम शहजादे परवेज के महल में चले जाओ इसी वक्त, और जल्द से जल्द लेकर मेरे पास आओ। मैं महल में जा रहा हूं।" सुल्तान ने कहा। वजीर शहजादे परवेज को बुलाने चला गया।

सुल्तान पलंग पर आकर अन्यमनस्क भाव से पड़े रहे। प्रतिक्षण उठते हुए विचारों ने उनके मस्तिष्क को उद्विग्न कर दिया। लाख प्रयत्न करने पर भी उन्हें शांति नहीं मिल रही थी। घबराहट की अवस्था में कभी-कभी बड़बड़ाने लगते, कभी करवटें बदलते और कभी हृदय के अंतःप्रदेश से निश्वास छोड़कर, अपनी आत्मा को सांत्वना देने का असफल प्रयास करते। अब तक तीन युवतियां वहां आ चुकी थीं। उनमें से एक ने उनके चेहरे पर बदमुश्क छिड़कना आरंभ किया। बदमुश्क की शीतलता ने उन्हें कुछ राहत दी।

"शरबते-अनार!" सुल्तान का इशारा पाकर एक बांदी ने प्याले में थोड़ी-सी शराब डालकर सुल्तान के होठों से लगा दिया। सुल्तान गटागट एक ही सांस में पी गए।, फिर वह प्याला उस युवती से छीनकर उसकी छाती पर इतने जोरों से खींच के मारा कि वह बेचारी चीख उठी।

"साकी! शराब! औरत!" सुल्तान की आवाज कांप रही थी। "औरत! फाहशी, दगाबाज! चली जाओ, तुम सब यहां से।"

और सुलतान ने अपना सिर थाम लिया।

“सुलतान की हालत एकाएक ऐसी क्यों हो गई?” एक ने दबी जबान से पूछा।

“जरूर कोई नई बात हुई है।” दूसरी ने कहा और तीनों युवतियां थर-थर कांपती हुई प्रकोष्ठ से बाहर हो गईं।

“जिल्ले सुब्हानी।” एकाएक दरवाजे पर आवाज आई।

सुलतान ने सिर उठाकर देखा, दरवाजे पर वजीर के साथ मुस्कराता हुआ परवेज खड़ा था।

“तुम आ गए जीनते-ताज-शानहीं” सुलतान ने कहा- “आओ बैठो।”

परवेज आकर सुलतान के पलंग पर बैठ गया और बोला, “भाईजान! इस बेवक्त कौन-सी जरूरत आन पड़ीं, जिसके लिए मुझे बुलाने की तकलीफ उठाई आपने?”

“परवेज!”... शहंशाह कहने लगे, “मुझे एक पेचीदा मामले में तुमसे मशविरा करना है। तुम मेरे भाई हो। मुझे उम्मीद है कि तुम मेरे फैसले को, मेरे हुक्म को लफ्ज-ब-लफ्ज बजा लाओगे। यों तो मैं वह काम किसी ओर के भी सुपुर्द कर सकता था, मर यह पोशिदा बात है, और इसमें बदनामी का डर है।”

“आखिर बात क्या है, आलिजाह?” परवेज ने पूछा। उसकी आंखों में उत्सुकता झांकने लगी थी।

“बात? क्या वजीर ने आज की दास्तान तुम्हें नहीं सुनाई?”

“नहीं जहांपनाह! मैंने शहजादे से वह शर्मनाक बात अपनी जबान से कहना जरूरी नहीं समझा।” वजीर ने अभिवादन करते हुए कहा।

“मरहबा मेरे जईफ वजीर!” सुलतान के चेहरे पर एक फीकी मुस्कराहट खेल गई, “परवेज! खुदा की पाक इज्जत पर, जो बदनामी का धब्बा लगा, उसके लिए उस बदनसीब के लिए तुम कौन-सी सजा तजबीज करोगे?”

“भाईजान! इज्जत ओर अस्मत-ये दोनों चीजें जिस शख्स ने गवां दी, उसके लिए इस तख्त ए-दुनिया से नेस्तनाबूद हो जाना ही बेहतर है।” -परवेज ने कहा।

“आफरी शहजादे!” सुलतान के मुंह से शाबाशी के अल्फाज निकल पड़े, “तुमने बहुत ठीक जवाब दिया, मगर मैं उस शख्स को शहर से निकल जाने की सजा देता हूं।”

“वह शख्स है कौन, भाईजान?”

“सुनो!” सुलतान की आकृति गंभीर हो गई। टूटे स्वर में उन्होंने कहा, “मल्का! जिसे तुम अब तक इज्जतो-अस्मत की हूर समझते थे। वह फाहशा है, बदकार है समझे। मैं तुम्हें हुक्म देता हूं कि सुबह होते ही, किसी बहाने उसे किसी खौफनाक जंग में छोड़ आओ, जहां से वह लौटकर ना आ सके।”

"भाईजान?"आश्चर्यचकित मुद्रा में परवेज उठ खड़ा हुआ, "मल्काए-आलम फाहशा! यह कभी नहीं हो सकता भाईजान! कभी नहीं हो सकता, आपका ख्याल गलत है।"

"मेरा ख्याल ठीक है।" सुल्तान सक्रोध बोले, "कान से सुनी हुई बात गलत हो सकती है, शहाजादे! परंतु उसकी बदकारी खुद मैं अपनी आंखों से देख चुका हूं, उसको तुम गलत कैसे कह सकते हो? मेरा हुक्म है, सुल्तान का हुक्म है कि तुम मल्का को ले जाकर ऐसी जगह छोड़ दो, जहां पीने को पानी और खाने को दाना भी नसीब न हो। दुनिया वाले, दी हुई सजा सुनकर कानों पर हाथ रख लें। जमीन-आसमान कांप उठें, हां-हां-हां।" सुल्तान का विकट हास्य भयानक रूप से गूंज उठा, "मेरी हुकूमत के असमान पर सितारों का उलटफेर। कभी नहीं, कभी नहीं। जाओ, अभी जाओ।"

"मेरे आका! शहंशाह! रहम। रहम।" वजीर आर्तनाद कर उठा।

"हर्गिज नहीं।" शहंशाह गरज उठे, "जाओ तुम लोग, मुझे आराम की जरूरत है।"

वजीर और परवजे थर-थर कांपते हुए चले गए।

उनके जाते ही शहंशाह चिल्ला उठे, "अंगूरी। शरबते-अनार। शराब! साकी!"

तीनों युवतियां वहां तुरंत आ पहुंची। एक ने शराब का प्याला भरकर कांपते हुए हाथों से सुल्तान के होंठों से लगा दिया। सुल्तान एक ही सांस में उसे पी गए।

दूसरा, तीसर, चौथा और पांचवा।

सुल्तान शराब पीते गए और दीन-दुनिया की सुध भूलते गए।

इसी समय कोने में लटका हुआ घंटा बज उठा जोरों से।

"हैं! किसने पुकारा?" ...नशे में झूमते हुए सुल्तान दरवाजे की ओर बढ़े। तीनों सुंदरियां विस्फरित नेत्रों से सुल्तान के अव्यवस्थित कार्यों को देख रही थीं।

* * *

सुनसान भयानक जंगल। इतना बीहड़ कि दिन में भी मार्ग पर चलना कभी-कभी कठिन हो जाता है। ऐसी ही भयानक जंगल की पगडंडी से दो प्राणी, एक पुरुष और एक स्त्री, शीघ्रता से आगे और आगे बढ़ते चले जा रहे हैं। दोनों के वस्त्रादि राजकीय हैं, जिससे मालूम होता है कि उन दोनों का किसी शाही खानादान से अवश्य कुछ संबंध है।

"मैं तो थक गई परवेज!..." औरत कहने लगी, तुम न जाने कहां जंगल-जंगल मुझे घुमा रहे हो। कुछ मुंह से बोलते भी नहीं। देखती हूं, तुम्हारा चेहरा जर्द है, आंखें नम है, आखिर इसकी वजह क्या है?"

"मल्काए-आलम!" परवेज ने कहा, "खुदा की पनाह! आज कहर होने वाला है। उफ्फ़। मैं क्या करूं मल्का! आइए, इस चट्टान पर बैठकर आराम कर लीजिए। अभी हमें बहुत बड़ी

23

मंजिल तय करनी है। सुलतान का हुक्म है कि आपको ऐसी जगह छोड़ आऊं, जहां पीने को पानी और खाने को दाना भी न मिले।”

“तुम्हारा क्या मतलब है, शहजादे!”- मल्का की मुखाकृति मलीन पड़ गई।

“मेरा मतलब बहुत साफ है मल्का! शहंशाह आपकी सारी बेवफाई से वाकिफ हो चुके हैं। आपका सारा राज फाश हो गया है। मुझे आपको शहर-बेदखल करने का हुक्म हुआ है...”

“या रब! यह मैंने क्या सुना?...” मल्का अपनी अवस्था पर विचार कर रो पड़ीं। “परवेज, माना कि मैं कसूरवार हूं, मगर सुलतान भी तो कम कसूरवार नहीं है? रात-दिन नई-नई छोकरियों की जवानियों के साथ अठखेलियां करना और मुझसे दूर रहना। क्या तुम्हारी निगाह में ठीक है? मैं औरत हूं परवेज! मेरे पास भी दिल है, दिल में अरमान हैं, तमन्ना है, हविस है, मगर सिवाय तड़पन के मुझे क्या नसीब हुआ है?”

“मल्का! बादशाह की जिंदगी ऐशो-इशरत परस्त होती है, किसकी मजाल कि सुलतान के आगे सिर उठा सके? वे दीन-दुनिया के मालिक हैं, किसमें इतनी हिम्मत है कि उनकी कारगुजारी में दखल दे सके? मगर सच कहूंगा मल्का? आपसे कहीं अच्छी वे गरीब औरतें हैं जिनकी जिस्मानी भूख हंसी-खुशी से मिट जाती है...”

“ठीक कहते हो शहजादे! बदनसीब औरत ही शहंशाह की मल्का हो सकती है।” मल्का ने कहा।

थोड़ी देर तक सन्नाटा रहा, तत्पश्चात् परवेज कहने लगा। “मुझे सख्त अफसोस है, मल्का-ए-आलम, मगर क्या करूं, शाही हुक्म से लाचार हूं।”

“आजकल सुलतान शराब और साकी के पीछे दीवाने हो रहे हैं। उन्हें सल्तनत की कोई फिक्र नहीं। सल्तनत की हालत बदतर हो रही है। जरा अपनी हालत पर गौर करो, तुम सुलतान के भाई हो, सगे भाई, मगर हो तुम गुलाम से भी बदतर। तुम्हें कुछ खर्च मिल जाता है, उसी पर तुम गुजर करते हो और उधर शहंशाह दरियाए-शराब में तैरते हुए ऐश करते हैं, अगर यही हालत रही तो थोड़े ही दिनों में सल्तनत खाक में मिल जाएगी।”

परवेज के हृदय पर मल्का की बातों ने पर्याप्त प्रभाव डाला। वह बोला-“मल्का! मैं इन सारी बातों को बहुत पहले से ही सोचता चला आ रहा हूं। सोचता हूं कि...।”

“सोचा ही चाहिए, शहजादे! तुम दोनों भाई हो, फिर सुलतान को क्या हक है कि सारी सल्तनत को अपनी ही मिल्कियत समझें और तुम एक गुलाम की तरह उनके हुक्म को आंख बंद करके मानते जाओ। तुम्हें हुकूमत की मुखालफत करनी चाहिए। तुम बगावत करके सुलतान से अपना हक मांगो। मैं तुम्हें इस काम में मदद दूंगी-” मल्का ने कहा।

“मगर आपको तो शहर-बेदखल करने का हुक्म है।”

“तुम पागल हो गए हो शहजादे! इस वक्त मेरी जान तुम्हारे हाथों में है। अगर मुझे अकेली ही इस जंगल में छोड़कर चले जाओगे तो मुझे जंगली जानवर चीर-फाड़कर खा जाएंगे!...

शहजादे, मैं तुमसे अपनी जान की भीख मांगती हूं और चाहती हूं तुम्हारी जिंदगी में उलट-फेर करके एसी बना दूंगी कि तुम आराम की जिंदगी बसर कर सको। तुम तैयार हो जाओ, मुंह से हां कह दो। तब, देखो मैं किस खूबसूरती के साथ सुलतान से अपना बदला लेती हूं और तुम्हें सल्तनत काशगर का ताज पहनाकर दीन-दुनिया का मालिक बनाती हूं।"

मल्का की बातों से परवेज के अंतःप्रदेश में एक भयंकर महत्त्वाकांक्षा का उदय हुआ। काशगर का सुलतान बनने की अभिलाषा ने उसे अपने भाई का प्रभुत्व भूल जाने के लिए बाध्य कर दिया। उसके हृदय में इस समय विचारों का संघर्ष हो रहा था।

"जब तुम ताजवर बन जाओगे, तब मेरी मुराद वर आएगी। तुम सुलतान होंगे और मैं मल्का! तुम मेरे दिल के मालिक होंगे और मैं तुम्हारी बांदी..." कहती हुई मल्का ने आवेश में परवेज को अपनी फूल सी बांहों में कस लिया। यह बांहों का कसाव परवेज के लिए नवीन अनुभूति थी। रोमांचित होकर उसने मल्का के होंठों पर अपने होंठ रख दिए, फिर अलग होता हुआ बोला-

"मैं तैयार हूं मल्का, मगर यह सब कैसे हो सकता है?"

"इसकी तरकीब बड़ी आसान है।" कहकर मल्का परवेज के पास खिसक आई और धीरे-धीरे कुछ कहने लगी। परवेज ध्यानपूर्वक सुनने लगा। सुलतान को सिंहासनाच्युत करने की नींव डाली जाने लगी।

तीन

"उफ! मैं कहां हूं? सिर में दर्द, बदन में दर्द, यह सब क्या है?"- रोगी ने कराहते हुए अपनी आंखें खोली।

चारपाई के सिराहने खड़ी हुई लड़की को देखकर वह चौंक पड़ा। बोला-"मेहर तुम? मेरे पास? या खुदा, क्या यह सच है?"

मेहर उसके काले-काले बालों पर हाथ फेरती हुई बोली- "जहूर! तुम्हारी तबीयत खराब है। आठ घंटे बाद तुम होश में आए हो। ज्यादा बोलने की कोशिश मत करो।"

"मगर मैं तुम्हारी झोंपड़ी में कैसे आया? मेरे बदन में इतना दर्द क्यों है? सिर में चक्कर आने की वजह से मुझे बीती बातें भी याद नहीं आ रही हैं। तुम मुझे बताने की मेहरबानी करो, मेहर!" -जहूर ने उठकर बैठने का प्रयत्न करे हुए कहा।

मेहर ने कहा- "लेटे रहो। उठने की कोशिश न करो। ...या खुदा! तुम तो जैसे सुनते ही नहीं। सुनो, मेरे अब्बा तुम्हें तुम्हारे कबीले से पकड़ लाए हैं। तुम इस वक्त हमारे कैदी हो..."

"कैदी हूं?... ओह! याद आ गईं सारी बातें। मेहर, मैं कैदी होने पर भी खुश हूं। जहां तुम हो, वहां कैदी की हालत में रहना, मैं अपनी खुशकिस्मती समझता हूं, लेकिन मेहर! तुमने अब्बा से कहकर यह सब तूफान क्यों खड़ा किया?"

"मैं शरमिंदा हूं जहूर! मुझे इस बात का दिली अफसोस है, मगर तुम भी तो हमेशा मुहब्बत-मुहब्बत रटा करते हो। मुहब्बत क्या बला है- मैं यह जानती भी नहीं?"

"तुम अभी नादान हो, मेहर! मुहब्बत के फौलादी पंजों में तुम अभी गिरफ्तार नहीं हुई हो। जिस दिन तुम्हारे दिल पर मुहब्बत की छाया पड़ेगी उस दिन तुम महसूस करोगी कि उसमें कितनी दाह, कितनी जलन होती है। मेहर! मुहब्बत वह छाया है जो हैवान को इंसान और इंसान को शैतान बना देती है। उफ, यह कैसी बुरी बला है?" -कहते-कहते कमजोर जहूर ने मेहर का हाथ अपने हाथ में ले लिया।

"तुम, फिर वही हरकत करने लगे न? मैं तुमसे नफरत करती हूं -नफरत!" -मेहर ने गुस्से में कहा और तुनक कर दूर जा बैठी।

"मेहर, मैं जानता हूं जो तुम्हारे दिल में है, मगर तुम मुझे परेशान करने की अपनी आदत से बाज नहीं आती..." जहूर ने कहा और मुंह फेरकर लेटा रहा। झोंपड़ी की खिड़की से मंद-मंद हवा आ रही थी- "बादल घिरे आ रहे है मेहर!" जहूर ने खिड़की की राह बाहर देखते हुए कहा। मेहर उठकर खिड़की के पास आई। उसकी दृष्टि एक बार सूर्य की ओर जा पड़ीं, जिसे एक बड़ा सा बादल का टुकड़ा आत्मसात करने के लिए आतुरता से बढ़ा आ रहा था।

हवा में कुछ नमी आ गईं थी, जिससे मालूम होता था कि वर्षा शीघ्र ही आने वाली है।

"खुदा मुश्किल आसान करे!" झोंपड़ी के दरवाजे पर से आवाज आई।

मेहर बोली- "यह नया फकीर कौन आ गया? देखूं तो!" मेहर बाहर आई देखा-एक फकीर द्वार पर खड़ा है।

"खुदा मुश्किल आसान करेगा, बेटा! कुछ फकीर को देने की मेहरबानी करो..." बुड्ढा फकीर बोला। मेहर खिलखिलाकर हंस पड़ीं। बोली- "बाबा हम भी तो फकीर ही हैं। हमारे पास सोना-चांदी नहीं, महज गरीबी है।"

"बेटी!..." फकीर कहने लगा, "गरीबों के दरवाजे पर खुदा साया रहता है। खुदा का तेरी सब मुरादे पूरी करेगा, बेटी! ला, फकीर को मायूस न कर। एक मुट्ठी भीख देकर फकीर की दुआ ले।"

तुम दुआ दोगे?..." मेहर अपनी हंसी को न रोक सकी और खिलखिला पड़ी -इन्सान होकर इंसान को दुआ दोगे? इतनी ताकत है तुममें?"

"फकीरों की ताकत तू नहीं जान सकती, बेटी! तेरी जिंदगी हंसी-खुशी में बीत रही है। खुदा के फजल से, फकीरों की जुबान से निकली हुई दुआ हमेशा बर आया करती है, बेटी! मांग जो तेरी मुराद हो..."

फकीर ने कहा और पत्थर के चबूतरे पर जमकर बैठ गया- "बेटी! तू हंस रही है। तुझे इस फकीर पर यकीन नहीं आ रहा है। तू सोच रही है कि हाड़-मांस का यह पुतला, तुम जैसी हूर को क्या दुआ सकेगा? यही सोच रही है न तू?... मगर तेरा ख्याल गलत है..."

"बाबा!..." मेहर अविश्वासयुक्त स्वर में बोली- "तुम मुझे दुआ देना चाहते हो? अच्छा, मैं भी तुम्हारी ताकत देखना चाहती हूं, जईफ फकीर! बोलो तुम मुझे क्या दुआ दोगे?"

"दूंगा बेटी! खुदा की कसम खाकर कहता हूं कि मैं तुझे दुआ दूंगा। तेरी मुराद पूरी करने के लिए खुदा से मिन्नत करूंगा।" -फकीर बोला। लम्बी-लम्बी सफेद दाढ़ी वाले उस वयोवृद्ध के चेहरे से गंभीरता टपक रही थी।

"मैं जानना चाहती हूं कि मेरी किस्मत में क्या लिखा है।" मेहर ने पूछा।

"बस, इतनी-सी बात!..." फकीर बोला और पत्थर के चबूतरे पर घुटने के बल बैठ गया। जमीन पर सिर टेककर उसने न जाने क्या पढ़ा। उसके अंतिम शब्द थे- "या रब, या खुदा। इस नादान छोकरी की सब ख्वाहिशें पूरी कर। फकीर की मिन्नत है, तेरे फरिश्ते की आरजू है।"

मिन्नतें करते-करते एकाएक फकीर चौंक पड़ा। उसके मुंह से कांपती हुई आवाज निकली- "यह क्या? कहर! खुदा का कहर! गजब!"

फकीर की आंखें मेहर पर आकर रुक गईं- "बेटी! मैं तेरी किस्मत पढ़ रहा हूं, मैं देख रहा हूं कि तेरी ख्वाहिश पूरी होगी- जरूर होगी। तू सुलतान काशगर की महबूबा बनेगी, मगर खुश न रह सकेगी। तेरी जिंदगी उलट-फेर की जिंदगी है। शहंशाह को पाकर दुनिया के सारे ऐश व इशरत पाकर भी, तेरा दिल हमेशा जलता रहेगा। तेरी ही वजह से सुलतान पर भी- खुदा न

करे- आफत आएगी, मगर खैर। खुदा यही चाहता है और यही होगा भी...” कहता हुआ फकीर उठ खड़ा हुआ।

इसके बाद फकीर ने मेहर के चेहरे को ध्यानपूर्वक देखा। मेहर की मुखाकृति इस समय पीतवर्ण धारण करती जा रही थी।

उफ! बुड्ढा फकीर पागल हो गया है क्या? कहां यह एक मामूली कबीले के सरदार की लड़की और कहां दीन-दुनिया के बादशाह सुलतान काशगर।

फिर वह उन्हें कैसे पा सकती है? क्या सिर्फ फकीर की दुआ से, एक इंसान के कहने से ऐसा है सकता है?

“खुदाई खिदमतगार ने जो कुछ देना था, दे दिया...” फकीर बोला- “अब उसका सवाल पूरा कर।”

मगर मेहर ने मानो सुना ही नहीं। वह तो मूर्तिवत् विस्फरित नेत्रों से देखती खड़ी थी- एकदम मौन।

शहजादा परवेज का महल भी बहुत सुंदर और विशाल बना हुआ है। आराम की सभी आवश्यक चीजें एकत्रित करने में कोई कमी नहीं की गई थी।

परवेज अपने महल में अकेला ही रहता था। न तो उसकी अभी शादी हुई है और न उसका शादी की ओर झुकाव ही है।

इस समय शहजादा परवेज अपने प्रकोष्ठ में गावतकिए के सहारे एक पलंग पर बैठा है। उसके सामने ही चांदी की एक सुंदर चौकी पर एक नवयुवक बैठा है। इस नवयुवक के चेहरे पर की बारीक मूंछें उसके कम उम्र होने की साक्षी है। सिर पर बहुमूल्य पगड़ी बंधी है। हाथ की उंगलियों में हीरे की अंगूठियां चमक रही हैं। मुखाकृति का विशेष रूप से निरीक्षण करने पर, यह भी स्पष्ट हो जाता है कि युवक का आचरण ठीक नहीं है।

"शहजादे साहब! देखना, मेरा असली राज किसी पर जाहिर न होने पाए। जो कुछ कहना या करना, समझ-बूझकर करना- नहीं तो राज फाश होने पर हम और तुम कहीं के नहीं रहेंगे-" उस नवयुवक ने कहा।

"नहीं-नहीं दोस्त, कमर तुम इत्मीनान रखो। तुम्हारा राज कोई नहीं जान सकेगा..." परवेज ने कहा- "हां तो तुम्हारा यह कहना है कि मैं बहुत ही बदकिस्मत हूं और किस्मत बनाने के लिए मुझे तुम्हारी सलाह लेनी चाहिए, यही न।

"तुम ठीक समझे, शहजादे!..." कमर ने कहा- "तुम दुनिया के सबसे बदकिस्मत आदमी हो। सुलतान का भाई होकर भी तुम्हें कुछ भी इख्तियार हासिल नहीं। तुम सुलतान और वजीर के हाथ की कठपुतली हो। तुम्हें तो अच्छे सल्तनत के वे अदने अहलकार हैं, जो मौजमस्ती में जिंदगी बसर करते हैं, यह कितने शर्म की बात है। तुम्हें चाहिए कि सुलतान को शिकारे-शमशीर बनाकर इस परदा-ए-दुनिया से हमेशा के लिए उठा दो और खुद सुलतान बनकर ऐश करो।"

"दोस्त।" परवेज बोला- "आपने वर्षों से सोई हुई ख्वाहिश जगा दी है। सालों तक मैं भी यही सोचता रहा कि किसी तरह मैं बादशाह बन जाऊं, मगर मेरी वह ख्वाहिश अंदर ही अंदर घुटकर दम तोड़ देती थी! आज जबकि मुझे तुम जैसा हमदर्द मददगार मिल गया है, जो सल्तनत के हर राज से वाकिफ है, तो मैं सल्तनत पाने की पूरी कोशिश करूंगा। भाई के साथ दगा करूंगा- सब कुछ करूंगा। सल्तनत पाने के लिए, बस तुम मेरी जी-जान से मदद करना।"

"सुलतान का क्या हाल है?" कमर ने पूछा।

"भाईजान की हालत बदतर होती जा रही है। सभी औरतों से नफरत करने लगे हैं और अपने ख्वाबगाह में पड़े हुए न जाने नया-नया बड़बड़ाया करते हैं। सिर्फ अजूरी नाम की बांदी उनके साथ रहती है, मगर उससे भी वे खुश नहीं रहते। सल्तनत के कामों से उन्होंने एकदम हाथ खींच लिया है। सिर्फ बुड्ढा वजीर ही सल्तनत की देखरेख कर रहा है।"

"अभी तक तुम्हें सारी बातों का पता नहीं है, शहजादे! मुझसे सुनो। मैंने छिपे तौर पर पता लगाया है कि सुलतान की तबीयत अब यहां से एकदम ऊब गई है। वे इस सल्तनत को छोड़कर एक ऐसी जगह चले जाना चाहते हैं, जहां जाकर उनके तड़पते दिल को राहत मिल सके।"

"यह बात तो हम लोगों के हक में अच्छी ही होगी।" कमर ने कहा।

दोनों उठ खड़े हुए। शहजादे ने कहा, "आधी रात होने को आई-"अब आराम करना जरूरी है।"

दोनों पास के कमरे में चले गए।

* * *

"तू मेरे सामने क्यों आती है? क्यों आती है तू यहां। उफ! औरत! औरत! औरत..." सुलतान ने अपना माथा ठोक लिया। क्रोध से मस्तिष्क की सिराएं तन गईं- "जब देखो, तब साकी। शराब, औरत।"

बेचारी अजूरी हाथ में प्याला लिये हुए थर-थर कांपती खड़ी थी। उसे सुलतान के गुस्से का डर था, मगर वह उन्हें अकेला नहीं छोड़ना चाहती थी।

ऐसी हालत में सुलतान न जाने क्या कर बैठें।

"पी लीजिए मेरे मालिक।" अजूरी ने दबी जबान से कहा।

"पी लूं? जहर पी लूं?" सुलतान एकाएक उठकर खड़े हो गए। आगे बढ़कर उन्होंने अजूरी का गला पकड़ लिया, "शैतान की बच्ची।" उन्होंने कहा और फूल-सी मुलायम अजूरी को दूर धकेल दिया। हांफते हुए पलंग पर बैठ गए। न जाने क्या स्वतः बोलते रहे। अजूरी जमीन पर पड़ीं सिसकती रही। कुछ देर बाद वह उठी और आकर सुलतान के पलंग के पास आकर खड़ी हो गई।

"मेरे आका!" नम्र स्वर में उसने पुकारा।

"अजूरी।" एकाएक सुलतद्रन ने अजूरी को अपने पास खींच लिया और उसके अधरोष्ठ पर प्रेम की मुहर लगा दी। -"मुझे माफ करना, मेरी तितली। मुझे अपने नाजुक हाथों से शरबते-अनार पिलाओ।" सुलतान की मीठी बातों से बजूरी अपना दर्द भूल गई। वह मुस्कराती हुई उठी, प्याला उठाकर उसमें शरबते-अनार भरा। "अजूरी, तू जा।" एकाएक सुलतान का पारा, फिर चढ़ गया, "काली नागिन!... तू जा यहां से। साकी, शराब। औरत! उफ। मेरा दम घुटता जा रहा है। मैं इस महल से, इस सल्तनत से, इस मक्कार दुनिया से ऊब गया हूं। मैं जाऊंगा। तू जाती है या नहीं। जा शहजादे को भेज। वजीर को भेज। सबको भेज दे- कह दे मैं जा रहा हूं। मैं इस दुनिया को छोड़कर जा रहा हूं- यह ले।" कहते हुए शहंशाह ने अपना शाही चोगा फाड़कर चिथड़े-चिथड़े कर डाला। उनकी आंखें क्रोध से लाल हो गई। अजूरी धीरे-धीरे कमरे से बाहर हो गई।

30

सुलतान बदहवास से पलंग पर लेट गए। सांस जोरों से चलने लगी। दिल की धड़कन तेज हो गई।

संसार की विश्वासघातिनी स्त्रियों की दुश्चरित्रता देखकर उनका मस्तिष्क चक्कर खा रहा था। भयानक चिंता उन्हें सता रही थी। वे दिन-रात यही सोचते रहते कि उफ! फूल सी कोमल स्त्रियां भी कितनी कठोर एवं भयंकर होती हैं।

अपनी मल्का का दुष्टाचरण देखकर उन्हें संसार की सभी औरतों से घृणा हो गई थी। औरतों की छाया से भी घबरा उठते थे। अजूरी द्वारा सुलतान की अवस्था की बात सुनकर थोड़ी ही देर में वजीर और परवेज आ पहुंचे।

वजीर ने कहा- "जहांपनाह, किसलिए याद फरमाया है?"

"मेरे बुजुर्ग वजीर!" शहंशाह बोले- "अब मैं जा रहा हूं।"

"कहां जा रहे हैं, भाईजान?" परवेज ने पूछा।

"पता नहीं कहा जाऊंगा शहजादे!" सुलतान बोले। इस समय वे इस प्रकार बातें कर रहे थे मानो एकदम स्वस्थ हों- मगर जाऊंगा जरूर। रोने की कोशिश बेकार है। मेरे लौटने की भी कोई उम्मीद नहीं, यही मुलाकात आखिरी होगी। तुम वजीर! अपनी आंखें पोंछ लो। तुम्हें रोना नहीं चाहिए।"

"मगर शहंशाह! सल्तनत का क्या होगा। मेरा क्या होगा? रियाया का क्या होगा?" बुड्ढा वजीर सुबक रहा था।

"तुम और शहजादा परवेज मिलकर सल्तनत की देखभाल करना। अब मुझसे कोई उम्मीद न रखो। जिस शख्स का दिलों-दिमाग बेकाबू हो गया हो, वह रियाया का- सल्तनत का, क्या भला कर सकेगा? मुझे दिन-रात ये दुनियादारी खटका करती है। यह महल, यह सल्तनत, यह दुनिया सब मेरे दिल की जलन को बढ़ा रहे हैं। अब मैं इन सबसे दूर, बहुत दूर भाग जाना चाहता हूं। तुम शहजादे गमगीन क्यों हो? दुनिया में कोई हमेशा नहीं रहता। आजतक मैंने तुम्हें कलेजे से लगाकर रखा, तुम्हें अपनी जान से बढ़कर प्यार किया...! मगर अफसोस न करना!... और अजूरी। इधर आओ। छिपी क्यों हो? तुमने मुझे आराम से रखने की बहुत कोशिश की। मैं तुम पर बहुत खुश हूं अजूरी। अब मैं तुम्हें हमेशा के लिए छोड़कर जा रहा हूं। ना-ना! आंसू न गिराओ, अजूरी। मैं जानता हूं कि तुम मुझे बहुत चाहती हो, मगर मैं अपने दिल से मजबूर हूं। मुझे जाना ही होगा। मैं तुम्हें आजाद करता हूं। तुम जाकर बाहरी दुनिया में आराम की जिंदगी बसर करो। वजीर, इस छोकरी को इतनी रकम दो, जो इसकी जिंदगी से काफी ज्यादा हो।" कहते हुए सुलतान आगे बढ़े।

वजीर, अजूरी और परवेज ने जाते हुए सुलतान को अंतिम बार क्रमशः तीन बार अभिवादन किया। सुलतान बाहर आकर पैदल ही चल पड़े। जो एक दिन फूलों की शय्या पर सोता था, हीरों और जवाहरात से खेला करता था, वही शहंशाह सारे सुखों पर लात मारकर सबको रोता हुआ छोड़कर, सबके देखते-देखते आंखों से ओझल हो गया। समय परिवर्तनशील होता है न।

पांच

कबीले वालों में भयानक कोलाहल मचा हुआ था। स्त्री-पुरुष, बाल-वृद्ध सभी भय से अर्तनाद कर रहे थे। अर्धरात्रि की बेला में भयावह वातावरण उपस्थित हो गया था।

झोंपड़ी में सोई हुई मेहर की निद्रा इस कोलाहल से भंग हो गई। उसने सुना कबीले वालों का अर्तनाद।

मेहर का वृद्ध पिता अब्दुल्ला एक कोने में पड़ा हुआ आराम से खर्राटे ले रहा था। दूसरे कोने में एक टूटी चारपाई पर जहूर बंदी की अवस्था में सोया पड़ा हुआ था, परंतु कुछ-कुछ जाग चुका था।

झोंपड़ी में घना अंधेरा छाया हुआ था। मेहर टटोलती हुई जहूर की चारपाई की ओर बढ़ी, क्योंकि वहीं ताक पर मशाल रखी हुई थी, जो आवश्यकता के समय पर प्रकाश का काम देती थी।

मेहर जहूर की चारपाई के पास आकर रुकी। जहूर जाग गया था, परंतु उसने सोने का बहाना कर लिया। बाहर अभी तक कोलाहल हो रहा था। ज्योंहि मेहर ने मशाल लेने के लिए हाथ बढ़ाया कि झोंपड़ी के द्वार पर किसी जंगली जानवर के गरजने का स्वर सुनाई पड़ा। महा आपाद मस्तक सिहर उठी और 'या खुदा' कहती हुई जहूर की चारपाई पर धड़ाम से गिर पड़ीं। जहूर ने लपककर उसे अपने अंकपाश में ले लिया और धीरे से बोला-मेहर! मेरी मल्का! डरो नहीं, मालूम होता है कोई जंगली जानवर आ घुसा है।"

जहूर ने मेहर को अपने अंक में कस लिया था। मेहर को उसका यह व्यवहार अरुचिकर प्रतीत हुआ। उसने अंक से अपने को छुड़ाने का बहुत प्रयत्न किया, मगर जहूर ने उसे नहीं छोड़ा।

"काफिर कहीं का...!" मेहर ने कसकर एक तमाचा जहूर के मुंह पर जड़ दिया।

उसी समय अकस्मात् वृद्ध अब्दुल्ला की निद्रा भंग हो गई। बाहर का कोलाहल सुनकर वह उठ बैठा-"यह शोरगुल कैसा, बेटी! जरा मशाल तो जला।"

अब्दुल्ला को जगा देखकर जहूर ने मेहर को छोड़ दिया। मेहर ने आगे बढ़कर मशाल जलाई। इतने में कबीले का एक आदमी दौड़ता हुआ झोंपड़ी के द्वार पर आया और चिल्लाकर बोला—"सरदार। सरदार।"

"क्या है?" -कहते हुए अब्दुल्ला ने द्वार खोल दिया। वह आदमी डर से बुरी तरह कांप रहा था। उसके मुंह से शब्द नहीं निकल पा रहे थे।

“बोल! बोल इस तरह कांप क्यों रहा है? क्या बात है? क्यों शोर हो रहा है, अपने पैर जरा देख। इस तरह कांप रहे हैं, जैसे पेड़ की टहनियां हवा का झोंका खाकर कांपने लगती हैं। सम्हाल अपने को।”

अब्दुल्ला की घुड़की सुनकर उस आदमी का होश कुछ ठिकाने आया, “सरदार।” वह कहने लगा—“एक जंगली जानवर कबीले में घुस आया है और इधर-उधर लोगों को चीरता-फाड़ता हुआ दौड़ रहा है! वह लीजिये!—या खुदा!” जानवर की आवाज सुनकर वह आदमी गिरते-गिरते बचा—“वह अब तक दस आदमियों को शिकार बना चुका है, और कई घायल पड़े हैं।”

“मैं देखता हूं। सरदार अब्दुल्ला बोला—“ला मेरी तलवार...ला मेरी बोतल! ”

मेहर ने बुड्ढे को तलवार दी और शराब की बोतल भी। बुड्ढा बोतल को मुंह से लगाते ही एक सांस में पी गया और उस ओर झपटा, जिधर से जानवर के दहाड़ने का स्वर सुनाई पड़ रहा था।

“अब क्या होगा?” मेहर ने कांपते हुए कहा।

“घबड़ाओ नहीं मेहर!” जहूर ने उसको सांत्वना देने का प्रयत्न किया—“फिक्र न करो, खुदा हाफिज! ”

* * *

“रात बीत गईं, दिन हुआ, दोपहर होने को आयी, लेकिन अब्बा अभी नहीं लौटे...!” मेहर ने कहा। जहूर और मेहर झोंपड़ी में बैठे हुए बात कर रहे थे। कबीले वालों से पूछने पर मालूम हुआ कि अब्बा चार आदमियों को साथ लेकर उस जानवर के पीछे-पीछे गये हैं, मगर ताज्जुब है कि अभी तक नहीं लौटे—“या खुदा! मेरे अब्बा को क्या हुआ?”

“घबराओ नहीं मेहर...।” जहूर ने कहा—“तुम्हारे अब्बाजान, शायद शिकार की खोज में रास्ता भूल गये हैं, इसलिए लौटने में देर हो रही है।”

“हाय? न जाने उन पर क्या बीत रही होगी?”—कहकर मेहर ने एक ठण्डी सांस ली।

“मेहर! हमें उनकी खोज करनी चाहिये! अगर तुम मुझे इस कैद से थोड़ी देर के लिए आजाद कर दो और एक हाथ में एक तलवार दे दो, तो मैं तुम्हारे अब्बा को जल्द-से-जल्द सही-सलामत ले आऊंगा। अगर चाहो तो तुम भी चल सकती हो।” जहूर ने कुछ सोचकर कहा।

“मगर तुम्हें आजाद कर देने से अब्बा नाराज होंगे।” मेहर ने कहा।

जहूर बोला—“तुम नाहक आगा-पीछा कर रही हो मेहर! खुदा न करे कि तुम्हारे अब्बा की जान खतरे में पड़ जाय। मेहर! मैं तुम्हारी मदद करना चाहता हूं।”

“अच्छा चलो! मैं भी चलूंगी। अब्बा की खबर लेना जरूरी है, मगर घोड़ा तो एक ही है।”

33

“एक ही से काम चल जाएगा...!” जहूर ने कहा—“हम दोनों एक ही घोड़े पर चलेंगे। तुम फिक्र न करो। तुम्हारे अब्बा का घोड़ा काफी मजबूत है।”

“मगर एक ही घोड़े पर।”

“पागलपन की बातें न करो, मेहर! वक्त कीमती है।” जहूर ने कहा। लाचार मेहर तैयार हो गई। जहूर ने खूंटी से लटकती हुई तलवार लेकर अपनी कमर में खोंस ली और मेहर को सहारा देकर घोड़े पर चढ़ा दिया, फिर स्वयं चढ़ गया।

मेहर इस समय अपने अब्बा के लिए बहुत घबरा उठी थी। यही कारण था कि उसने जहूर के आगे, जहूर की गोद में बैठना मंजूर कर लिया।

घोड़ा दोनों को लेकर हवा से बातें करने लगा।

नदी-नाले पार करता हुआ घोड़ा सरपट दौड़ चला जा रहा था। मेहर और जहूर मौनावस्था में घोड़े पर बैठे थे। दोनों में से कोई भी एक शब्द नहीं बोल रहा था। केवल शून्य वातावरण में घोड़े के टापों की आवाज सुनाई पड़ रही थी! पगडण्डी के दोनों ओर घना जंगल था।

“अब में थक गईं हूं!...मगर तुम चल कहां रहे हो? एक मंजिल तो खत्म कर दी। यह खौफनाक जंगल...अब्बा का कहीं पता नहीं। आखिर तुम्हारा इरादा क्या है?” मेहर ने घने जंगल को सशंक नेत्रों से देखते हुए कहा।

“घबराओं नहीं मेहर!” कहते हुए जहूर ने कसकर घोड़े को एड लगाई।

पास के पेड़ों पर चिड़ियों का कलरव सुनाई पड़ रहा था। जंगल की हवा सांय-सांय करती बह रही थी।

जहूर दो घंटे तक बराबर घोड़ा दौड़ता रहा। अन्त में मेहर घबराकर बोली—“मैं आजिज आ गईं इस सफर से। घोड़े की हालत देखो—बेचारा हांफ रहा है। रोक दो घोड़े को।”

“तुम थक गईं, मेहर!...” कहकर जहूर ने मेहर को अंक में जोरों से जकड़ लिया। मेहर का पारा चढ़ गया। उसकी सांस जोरों से चलने लगी। वह सक्रोध बोली—“तुम, फिर वही शरारत करने लगे...छोड़ दो मुझे। आखिर तुम्हारा इरादा क्या है?”

“मेरा इरादा?!” जहूर हंसता हुआ बोला—“मेरा इरादा अब एक दूसरी दुनिया बसाने का है, मेहर! जहां सिर्फ हम, तुम और हमारी मुहब्बत हो—मतलब यह कि अब हम और तुम आजाद हैं और घर से इतनी दूर आ गये हैं कि कोई हमारा पता भी नहीं पा सकता। आओ इस जंगल में इन सुनसान जगह में हम-तुम मिलकर एक हो जाएं।” कहकर जहूर ने घोड़ा रोक दिया।

“तुम बुज़दिल हो, काफिर हो। मुझे घर से इतनी दूर लाकर मुझ पर जुल्म करना चाहते हो।” मेहर ने अधिकारपूर्ण स्वर में कहा।

"तुम घबराओ नहीं, मेहर! आज तक मैंने तुम्हें पाने के लिए क्या-क्या मुसीबतें नहीं उठाईं? क्या-क्या झिड़कियां नहीं सहीं? क्या तुम्हें मालूम नहीं? अब अधिक बेताब न बनाओ, मेहर!'' जहूर ने उसे और जोर से अपने बाहुपाश में आबद्ध कर लिया—'मेहर! आज तक जिस चीज को मैं इन्सान बनकर नहीं पा सका। उसे हैवान बनकर हासिल करूंगा।''

"मुहब्बत के जोश में न आओ जहूर, अपना धर्म समझने की कोशिश करो। तुम दुश्मन के बेटे हो! मैं तुम्हारी नहीं हो सकती। मैं बगैर अब्बा के हुक्म के कुछ नहीं कर सकती।'' मेहर ने झुंझलाकर कहा।

मेहर की विवशता ने जहूर को नम्र बना दिया, बोला—''मेरी हालत, मेरी आरजू, मेरी मुरादों की ओर देखो, मेहर! मैं बहुत बदनसीब हूं। मैं दिन-रात खून के घूंट पीकर जिंदगी बसिर कर रहा हूं और तुम्हें मुझ पर जरा भी तरस नहीं आता?'' जहूर की आवाज में आजिजी थी— ''मेहर मुझ पर खफा न हो। इस तरह भवें टेढ़ी न करो...हैं! यह आवाज कैसी? मालूम होता है, कुछ लोग इधर ही आ रहे हैं।''

जहूर और मेहर ने सामने की ओर देखा—कुछ अश्वारोही जिनकी वेशभूषा भले आदमी होने की द्योतक न थी, उन्हीं की ओर चले आ रहे थे। उन लोगों ने इन दोनों को देख लिया था। उन्हें देखकर जहूर चौंक पड़ा—''ओह! ये तो जंगली डाकू मालूम पड़ते हैं, राहगीरों को लूटकर उनका माल-असबाब ले लेना और उन्हें पकड़कर थोड़े दाम पर गुलाम की हैसियत से अमीरों के हाथ बेच देना ही इनका काम है। खैर आ जाने दो। घबड़ाओ नहीं।'' कहकर जहूर ने अपनी तलवार संभाली।

मेहर को पीछे कर वह डटकर खड़ा हो गया, एक वीर सिपाही की तरह। डाकुओं का दल पास आकर जहूर पर टूट पड़ा, जहूर की तलवार विजेता की तरह हवा में नाच उठी।

* * *

"हाय मेरी बेटी! तू कहां गई?'' बुड्ढा अब्दुल्ला अपनी झोंपड़ी में चारपाई पर पड़ा बच्चों की तरह रो रहा था—''अगर नहीं पता लगा तो सब कबायलियों को काटकर फेंक दूंगा। इतने लोगों के रहते हुए मेरी बेटी और मेरा कैदी कैसे गायब? यह क्या? पानी बरसने लगा और अंधेरा छा गया—और मुझे होश तक नहीं? या खुदा मुझे हिम्मत दे...।'' कहता हुआ अब्दुल्ला उठा और झोंपड़ी के कोने में रखी हुई मशाल जला दी। बाहर अंधकार के साथ-साथ वर्षा का ताण्डव सुनाई पड़ रहा था।

"मैं पनाह चाहता हूं।।'' झोंपड़ी के बाहर आवाज आई। अब्दुल्ला ने द्वार खोलकर देखा—''सत्ताईस-अट्ठाइस वर्ष का एक युवक जलकणों से भीगता हुआ उसके द्वार पर खड़ा है। उसकी मुखाकृति से यह प्रकट हो रह था कि वह किसी उच्च वंश का है। समय ने उसे ये दिख दिखलाये हैं। साधारण वस्त्र पहने रहने पर भी उस पर जैसे तेजस्विता चमक रही है।''

35

"क्या चाहते हो?" -अब्दुल्ला ने रोष पूर्ण स्वर में पूछा।

"पनाह चाहता हूं, बुजुर्ग?"—आगन्तुक ने नम्र स्वर में कहा।

"आ जाओ, मेरे नौजवान दोस्त!" एकाएक नम्र बनकर अब्दुल्ला बोला—"आओ बैठो। हां! तुमने मेरी लड़की को देखा है क्या? जरूर देखा होगा...। नहीं देखा है तो निकल जाओ यहां से...अच्छा, अच्छा ठहरो, मत जाओ। बूढ़े अब्दुल्ला के रहते तुम्हें पनाह न मिले, यह उसकी शान के खिलाफ है, मगर तुम भीगे हो न? अपने कपड़े उतार दो। यह लो, मेरे पास दूसरा कपड़ा नहीं है, सिर्फ यह साड़ी है—मेरी बेटी की है। इसे पहने लो। अरे, जनानी साड़ी नहीं पहन सकते? भीगे ही पड़े रहोगे? क्या वाहियात दिमाग पाया है तुमने।"

"मैं औरतों से नफरत करता हूं-" बूढ़े की बहकी-बहकी बातों से ऊब कर अन्यमनस्क भाव से आगन्तुक बोला।

"औरतों से नफरत करते हो? वल्लाह! दुनिया का ऐसा कौन शख्स है जो औरतों से नफरत कर सका है! नहीं है इस वक्त मेरी बेटी, नहीं तो देखता कि तुम कैसे उससे नफरत करते? सच कहता हूं, बेटे! तुम्हारी और उसकी जोड़ी खूब फबती। अगर वह आज मेरे पास होती तो जरूर उसकी शादी तेरे साथ कर देता। हां, तो क्या सचमुच तुमने उसको नहीं देखा?"

"किसको?"

"मेरी बेटी को!"

"आपकी बेटी आखिर है कौन?"

"नहीं जानते तुम उसे, नौजवान! मेरी बेटी थी, जैसे जन्नत की हूर। आज रात से गायब है।" बुड्ढे ने सारी कहानी सुलतान को सुना दी।

सुलतान ने कहा—"आप घबराये नहीं। मैं कोशिश करके उसकी खोज करूंगा।"

"तुम्हारी बातें मुझे बहुत अच्छी लग रही हैं नौजवान! तुम्हें तो किसी बादशाहत में पैदा होना था। अच्छा लो, तुम मेरे ही कपड़े पहन लो। उफ! बड़ी सर्दी है। इस बारिश ने ही इतनी सर्दी पैदा कर दी है। अरे, तुम तो कांप रहें हो? यह लो थोड़ी-सी शराब...हां-हां, पी लो! क्यों?...क्यों रख दी बोतल? यह ठर्रा नापसंद है...मालूम होता है, कहीं के बादशाह हो कि यह देशी शराब नहीं छू सकते। पी लो! बदन में गर्मी आ जाएगी। पी लो, यह मेरा हुक्म है। जानते हो, कौन हूं मैं? मैं हूं अब्दुल्ला—इस कबीले का सरदार! शाबाश! सब पी जाओ।"

अनिच्छा रहते हुए भी, आगन्तुक वह तेज शराब धीरे-धीरे गले के नीचे उतारने लगा।

हृदय में जैसे अग्नि प्रज्ज्वलित हो उठी।

कहां अंगूरी शराब और कहां खजूर का ठर्रा—जमीन-आसमान जैसा अंतर!

"इस तरह धीरे-धीरे पी रहे हो, मानो गले का छेद छोटा हो। देखो, इस तरह पीओ...।" अब्दुल्ला ने एक दूसरी बोतल लेकर अपने होंठों से लगाई और एक ही सांस में सब साफ कर

गया, फिर बोला—“अच्छा तुम्हारे पास तलवार है न? हां! है? तो...तो निकाल लो तलवार? मुकाबला करो मुझसे।”

कहकर अब्दुल्ला अपनी तलवार लेकर उठ खड़ा हुआ। आगन्तुक अब तक इस बुड्ढे के पागलपन से पूर्णतया ऊब चुका था। उसे इस बात का पछतावा हो रहा था कि उसने किस बुरी घड़ी में इस झोंपड़ी में पैर रखा।

“आओ!” अब्दुल्ला कहने लगा—“तुम्हें लड़ना ही पड़ेगा। उठा लो तलवार! शराब! आ जाओ! यह लो! शाबाश! खूब वार करता है।”

आगन्तुक लापरवाही से लड़ रहा था और साथ ही बुड्ढे की सनक से चिंतित भी होता जा रहा था।

“खूब लड़ते हो, नौजवान! अच्छा, रख दे तलवार। यह है मेरा बिस्तर, सो जाओ इसी पर। मैं आज जमीन पर ही सो जाऊंगा।” बूढ़े ने कहा।

आगन्तुक ने विरोध प्रकट करना चाहा तो अब्दुल्ला ने मुंह पर उंगली रख, चुप रहने का संकेत कर दिया। विवश होकर तलवार उसने कोने में खड़ी कर दी और बिस्तर पर जा लेटा।

कई दिनों से इधर-उधर भटकते रहने पर भी उसके हृदय की जलती हुई आग शांत नहीं हुई थी। वह जिस शांति की खोज में निकला था, वह उसे नहीं मिल सकी थी और न ही निकट भविष्य में मिलने की आशा ही थी।

छ:

मनुष्य जब अच्छाई की सीमा को लांघकर बुराई की ओर झुकता है तो उसमें हित-अहित सोचने का ज्ञान नहीं रह जाता।

शहजादा परवेज हर तरह की बुराइयों से आक्रान्त हो चुका था और इन बुराइयों की ओर ले जाने वाला था उसका दोस्त कमर, जो आज महीनों से उसका अंतरंग मित्र बन बैठा था। उसकी बुरी संगत से ही परवेज ने, जिसने कभी शराब न पी थी, आजकल शराब में डूबा रहता है।

अपने महल में बैठा हुआ परवेज कमर से बात करने में व्यस्त था—"दोस्त, तुम्हारी राय से तो सब काम कर रहा हूं। सल्तनत की सारी बागडोर भाई-जान ने मुझे सौंप दी, मगर वह बुड्ढा वजीर अभी तक यही सोच रह है कि भाईजान की तबीयत जल्द ही अच्छी हो जायेगी और वे आकर, फिर से इस सल्तनत का भार संभालेंगे, मगर उस बेवकूफ बुड्ढे को नहीं मालूम कि अब सुलतान शायद ही लौट सके।।"

"हां... तो सुलतान के पीछे तुमने अपने सिपाही रवाना कर दिये हैं न।"

"हां! अपने खास पच्चीस हथियारबन्द सिपाहियों को मैं सुलतान की खोज में रवाना कर चुका हूं, जो मौका पाते ही उन्हें मौत के घाट उतार देंगे और तब सुलतान इस सल्तनत को सम्भालने के लिए कभी न आ सकोगे। अच्छा हुआ जो तुमने मुझे यह राय दी, नहीं तो हमेशा ही भाईजान के वापस लौट आने का डर बना रहता...देखें, हमारी सिपाही क्या करके आते हैं?"

"क्या बात है?"—सहसा दरवाजे पर एक सिपाही देखकर परवेज ने पूछा—"लौट आये तुम लोग? और सब कहां हैं?"

सिपाही ने पहले तीन बार अभिवादन किया, फिर बोला—"और लोग बाहर खड़े हैं आलीजाह!"

"काम हुआ?"

"जी नहीं! सुलतान का पता लगाने की हमने बहुत कोशिश की, मगर सब बेकार। न जाने वे दुनिया के किस परदे में गायब हो गये हैं। आप सब जानिये हुजूर परवरदिगार, हम अपनी कोशिश से बाज नहीं आये।" सिपाही ने कहा।

"तुम लोग नमकहराम हो। जाओ, फिर से सुलतान का पता लगाओ। जी तोड़कर ढूंढे और जल्द सुलतान का सिर लाकर हाजिर करो!...जाओ! अभी जाओ!" परवेज ने गरजकर कहा—"और सुनो!"

भय से कांपता हुआ सिपाही और भी कांपने लगा।

38

"देखो! अगर तुम लोगों ने मेरा काम कर दिया तो मैं तुम्हें मालामाल कर दूंगा, इतनी दौलत दूंगा कि तुम सारी जिंदगी चैन से काट सकोगे। तुम कहते हो कि सुलतान का पता नहीं—मगर मैं कहता हूं कि तुम लोग जमीन-आसमान एक कर दो। कहीं-न-कहीं तुम्हें जरूर मिलेंगे वे। हां! एक बात का ख्याल रखना, उनकी पोशाक बहुत मामूली होगी। अब जाओ।"

सिपाही चला गया और इधर प्याले पर प्याले गले के नीचे उतरने लगे।

* * *

घने जंगलों की एक झाड़ी में बीस-पच्चीस सिपाही छिपकर बैठे हैं और सामने की पगडण्डी पर से आते हुए एक साधारण मुसाफिर की ओर गिद्ध-दृष्टि से देख रहे हैं। मुसाफिर निर्भय होकर अपना मार्ग तय करता हुआ आ रहा है।

"सुलतान ही तो है—" एक सिपाही ने कहा—"होशियार हो जाओ। देखो, कितने मामूली कपड़े पहन रखे हैं।"

"बेशक सुलतान ही है...।" सिपाहियों ने जमादार ने कहा—"तुम नम्बर तीन, अपनी बंदूक हाथ में ले लो... तुम्हारा निशाना अचूक है। देखना शिकार हाथ से जाने न पाये।"

उन सिपाही ने जिसे लक्ष्य करके उक्त बात कही थी, उसे अपनी बन्दूक हाथ में ले ली।

दूसरे ही क्षण उसकी बन्दूक तन गई।

और धांय!!

बेचारे मुसाफिर के मुंह से जोरों की एक चीख निकलकर दूर तक वन-प्रदेश में गूंज उठी। उसका शरीर कटे पेड़ की तरफ गिरकर पृथ्वी पर छटपटाने लगा।

पेड़ पर बैठा हुआ एक कौवा जोरों से चीख उठा—"कांव-कांव!"

"लो...।" सिपाहियों के मुंह से खुशी की आवाज निकल पड़ीं—"अब सुलतान का सिर ले चलकर शहजादा परवेज से मुंह मांगा इनाम लो!" सब सिपाही उस मुसाफिर के शव की ओर बढ़े।

* * *

"काम हो गया। काम हो गया दोस्त कमर!..." परवेज ने कमर का कन्धा पकड़कर झकझोर दिया—"आज हम लोगों की मुराद पूरी हुई। हमारे सिपाहियों ने सुलतान को मौत के घाट उतार दिया है। अब वे कभी न लौट सकेंगे, दोस्त! अब हम और तुम आजाद है।एकदम आजाद!"

"आपे से बाहर न हो, शहजादे! सुलतान का सिर कहां है? मंगाए तो।" कमर ने कहा।

"अभी मंगवाता हूं—।" परवेज बोला—"सिपाही! सिर लाओ।"

सिपाही बाहर जाकर एक गठरी उठा लाया। गठरी खून से भीगी थी। सिपाही ने गठरी खोली।

परवेज और कमर, दोनों ने गौर से उस सिर को देखा।

कमर बोला—"बेशक! यह सुलतान का ही सिर है, हैं, यह क्या?" कमर के मुंह से आश्चर्य की एक चीख निकल पड़ीं। वह जमीन पर झुककर सिर को गौर से देखने लगा। कान के पास हाथ ले जाकर उसने न जाने क्या देखा, फिर बोला—"नहीं, यह सुलतान का सिर नहीं है। हालांकि सूरत हूबहू उनसे मिलती है, मगर मेरी आंखें धोखा नहीं दे सकतीं—उनके कान के बगल में एक मस्सा है।"

"तो क्या यह किसी बेगुनाह का सिर है?" परवेज झल्लाकर बोला—"शैतानो! पहचानते भी न बना तुम लोगों से? बेगुनाह का सिर काट लाए?"

"हम बेकसूर हैं, शहजादे साहब! हमारी नजरों का कसूर नहीं है। आप ही बताएं कि इसकी हूबहू सूरत सुलतान जैसी है या नहीं? हमारा कसूर माफ करें, गरीब पर!"... एक सिपाही ने गिड़गिड़ाते हुए कहा।

"जाओ, फिर से खोज करो। बगैर फतहयायी हासिल किये, मुंह न दिखाना।" परवेज ने कहा तो सिपाही चले गए।

"दोस्त कमर!"—परवेज ने आगे बढ़कर कमर को अपने अंक में कस लिया।

"हां-हां! यह क्या कर रहे हो? इतने बेताब न बनो। छोड़ो, कोई आ रहा है...उफ! यह तो बुड्ढा वजीर ही कितने गौर से मुझे देख रहा है। मैं जाता हूं, नहीं तो यह बुड्ढा जरूर पहचान जायेगा। तुम इससे निपटो।" कहता हुआ कमर दूसरे दरवाजे से बाहर हो गया।

"किसके साथ मौज-मस्ती की जा रही थी, शहजादे साहब?" वजीर ने अभिवादन करते हुए कहा—"कौन था वह...और...और यह प्याला...यह सुराही...क्या अब शरबते-अनार का भी शौक हो गया है आपको? क्यों न हो?"

सात

जंगल-जंगल दौड़ते रहने पर भी दिल को राहत न मिली। महल छोड़ा, सल्तनत छोड़ी—सब कुछ छोड़कर वह मामूली पोशाक पहनी, दर-दर की खाक छानी, मगर दिल की जलन न गई—न गई। उफ़ थकान से पैर कटा जा रहा है और यह लू ऐसी तेज चल रही है कि बदन तक झुलसा देती है—बड़बड़ाता हुआ वह मुसाफिर एक घने पेड़ के नीचे बैठकर हांफने लगा।

जंगल की तेज लू जोरों से चल रही थी और ऊपर आकाश से सूर्य भगवान आग उगल रहे थे। भयानक तपिश थी।

"प्यास लगी है, मगर जंगल में कोई चश्मा भी नहीं। उफ! गला सूखा जा रहा है। या खुदा, क्या करूं?" बेचारा! मुसाफिर कहिए या सुल्तान काशगर! जिसे प्यास लगने पर अंगूर का शर्बत मिलता था, आज वह पानी की एक बूंद के लिए तरस रहा है! कैसी विडंबना है।

इतने में थोड़ी दूर पर किसी मकान के होने का उन्हें आभास मिला, परंतु इस बियाबान जंगल में यह मकान कैसा? जहां किसी आदमी का पहुंचना गैर-मुमकिन है, वहां मकान किसलिए बनाया गया है? उसमें रहता कौन होगा! ऊंह! मुझे इस सब फिजूल की बातों से क्या मतलब? मुझे प्यास बेदम किये दे रही है, मुझे वहां पहुंचना ही चाहिए। स्वतः बड़बड़ाते हुए सुल्तान उसी ओर बढ़े।

मकान के द्वार पर पहुंचकर सुल्तान रुके।

बाहर से देखने पर मकान विशाल और सुदृढ़ बना हुआ मालूम पड़ता था। भीतर से द्वार बंद था। पास ही इमली का एक ऊंचा वृक्ष था।

लू पूर्ववत वेग से चल रही थी।

सुल्तान ने आगे बढ़कर द्वार का कुण्डा खटखटाया और आवाज दी—"एक मुसाफिर लू और गर्मी से परेशान होकर पनाह के लिए दरवाजे पर खड़ा है। मेहरबानी करके दरवाजा खोलिये।"

भीतर से किसी के आने की पगध्वनि सुनाई पड़ीं। सुल्तान सजग होकर खड़े हो गये।

दूसरे ही क्षण द्वार खुला और वहां पर खड़ी दिखाई दी एक ऐसी आकृति, जिसको देखकर सुल्तान कांप उठे।

"उफ! औरत! जहां जाता हूं, वहीं औरत। जिससे नफरत करता हूं, वही बार-बार सामने आती है। खुदा भी मानो मेरे साथ मजाक कर रहा है।" सुल्तान का मस्तिष्क एकबारगी चक्कर खा गया और वे गिरते-गिरते बचे।

"मुसाफिर!" उस सौन्दर्य-प्रतिमा ने, जिसने अभी-अभी द्वार खोला था, मधुर स्वर में कहा—"तुम बहुत परेशान दिखते हो, अन्दर आओ।"

परंतु सुलतान ने उसकी बात का कुछ भी उत्तर न दिया। उसकी ओर देखा तक नहीं।

संसार की प्रत्येक औरत से उन्हें घृणा हो गई थी। उसके दिल की जलन औरतों को देखकर और भी तीव्र हो उठती थी।

कहां तो गर्मी और लू से घबराकर, आश्रय पाने की लालसा से वे इधर आये थे, परंतु यहां आकर उनके दिल की आग और भभक उठी। वे उलटे पांव लौटने लगे।

“तुम जा रहे हो मुसाफिर!” उस औरत ने पूछा।

सुलतान बोले—“मैं रुक नहीं सकता—मैं...मैं...”

“तुम न जाओ मुसाफिर!” कहते-कहते उस सुंदरी ने आगे बढ़कर सुलतान का हाथ पकड़ लिया।

सुन्दरी का हाथ लगते ही सुलतान को ऐसा लगा, जैसे उनके दिल में भभक उठी आग को शीतल जल की फुहारों ने गिरकर एकदम बुझा दिया है।

उन्होंने शांति, स्फूर्ति और शीतलता का अनुभव किया।

कहां औरतों से घृणा और कहां नीरव वन-प्रदेश में एक औरत का स्पर्श! कितना आश्चर्यजनक परिवर्तन! वस्तु सुलतान के दिल की जलन कम हो गई थी।

“तुम न जाओ मुसाफिर...।” सुन्दरी ने फिर मिन्नत की और सुलतान का हाथ पकड़े हुए दरवाजे की ओर बढ़ी—“हिचको नहीं मुसाफिर! इसे अपना ही घर समझो।”

सुलतान को अनुभव हुआ कि जैसे किसी ने उन पर जादू की छड़ी फेर दी है और उनके ज्ञानतन्तु निष्क्रिय हो गये हैं। वे उस सुन्दरी के साथ चुपचाप अन्दर चले गए।

सुन्दरी ने उसे एक चारपाई पर बैठा दिया। सुलतान के हृदय की विचित्र गति हो रही थी। इस अपरिचित औरत की ओर जाने क्यों उनका हृदय आकर्षित होता जा रहा था—वही हृदय, जो अब तक घृणा की दावाग्नि से विदग्ध हो रहा था।

सुलतान ने एक क्षण के लिए उस सुन्दरी का सिर से पैर तक निरीक्षण किया। उफ्! कितना खूबसूरत चेहरा है, कैसी उठती जवानी है, कैसा अछूता हुस्न है!

सब कुछ देखकर सुलतान का हृदय न जाने क्यों उस सुन्दरी पर मुग्ध हो गया।

“थके दिखते हो मुसाफिर। लेट जाओ, मैं तुम्हारे पैर दबा देती हूं।” सुन्दरी के इस शिष्ट आग्रह से इतना अपनत्व, इतनी करुणा, इतना आकर्षण था कि सुलतान आपादमस्तक सिहर उठे—उन्हें लगा, जैसे उसने उन्हें बेदाम खरीद लिया हो।

उन्होंने कहा—“नहीं, तुम्हें तकलीफ करने की जरूरत नहीं। हां, तुम और तुम्हारा घर— दोनों मुझे बहुत पसंद आये, मगर तुम ऐसे सुनसान मकान में अकेली किस तरह रहती हो? क्या।”

“मेरी कहानी बहुत दर्दनाक है, मुसाफिर!” सुन्दरी चारपाई पर ही सुलतान के पास बैठती हुई बोली।

सुल्तान की सुन्दरता ने उसे भी अपनी ओर आकर्षित करना आरम्भ कर दिया था। दोनों ओर से प्रेम अंकुरित होने लग गया था।

“तुम्हारा नाम क्या है?”—सुलतान ने पूछा।

सुन्दरी की मतवाली आंखें सुलतान के मुख पर केंद्रित हो गयीं। बोली—“मेरा नाम मेहर है मुसाफिर।”

“मेहर!”...सुलतान ताज्जुब से बोले उठे—“यह नाम तो कहीं सुना है, परंतु कहां, याद नहीं आता।”

“मैं एक मशहूर कबीले के सरदार अब्दुल्ला की बेटी हूं।”

“ओह, याद आ गया...याद आ गया।” सुलतान उछल पड़े।

“मेहर, मैं तुम्हारे घर एक दिन गया था। तुम्हारे अब्बा तुम्हारे लिए बहुत रंजीदा हैं। अच्छा हुआ कि तुम मिल गईं।”

सुल्तान ने आद्योपांत सब कहानी सुना डाली, परंतु यह नहीं बताया कि वे सुलतान काशगर हैं।

“और तुम कौन हो मुसाफिर? तुम्हारी बातें तो बड़ी दिलकश और ताज्जुब की हैं।” मेहरा ने पूछा।

“मैं एक अदना आदमी हूं, जिसके पास न घर है—न जर, परंतु नाम सुलतान है।”

“सुलतान!....” मेहर आश्चर्य से भरकर बोली—“सुलतान तो बादशाह को कहते हैं।”

“नहीं-नहीं मेहर! मेरा फकत नाम ही सुलतान है...अच्छा तुम अपनी कहानी शुरू से सुना जाओ।”

मेहर धीरे-धीरे सब कहानी कह गई।

आखिर में बोली—“मुझे और जहूर को पकड़कर डाकुओं ने यहां ला रखा है। यह डाकुओं का ही मकान है। घबराओ नहीं, गुलाम और बांदियों का रोजगार करना ही इन डाकुओं का काम है। वे गिनती में पचास हैं। महीनों में एक बार वे इस जगह आते हैं। अपने पकड़े हुए आदमियों को यहीं रखते हैं! 25, 50 इकट्ठे हो जाते हैं तो वे उन्हें ले जाकर गुलाम और बांदियों की तरह बेच देते हैं। मुझे और जहूर को भी उन्होंने यहीं लाकर रखा है। उनके सरदार की निगाह जब मुझ पर पड़ीं तो उसने मुझे रोक लिया और बेचारा जहूर दूसरे ही दिन शहर काशगर बेचने के लिए ले जाया गया। अच्छा ही हुआ। वह मुझे बहुत परेशान किया करता था...आजकल सरदार मुझे बेहद तंग करता है। मेरी जान अजीब आफत में पड़ीं रहती है। अब तुमने मेरा दुख-दर्द सुन लिया है, क्या मेरी मदद करोगे, मुसाफिर।”

“करूंगा! जरूर करूंगा!”- सुलतान ने कहा।

“मैं सच कहती हूं सुलतान, तुम मेरा इतना भला कर दो तो मैं जिंदगी भर तुम्हारा एहसान नहीं भूलूंगी। तुम बड़े अच्छे हो सुलतान!” मेहर ने कहा।

वही मेहर, जिसे जहूर की सूरत तक से नफरत थी, सुलतान को देखकर अपना दिल खो बैठी। आज उसे ख्याल आया कि मुहब्बत कितनी प्यारी चीज है।

"मेहर...!" सुलतान मेहर के और पास खिसक आये—"तुमने मुझे जिला दिया। मेरा दिल बेतरह जल रहा था, मगर तुमने न जाने कैसे मेरे दिल की आग बुझा दी। मैं औरतों से नफरत करता था, मगर अब महसूस कर रहा हूं कि मैं गलत था, मेरे ख्यालात गलत थे, मेहर! तुम कितनी खूबसूरत—कितनी खुशनुमा हो!" सुलतान ने मेहर के कोमल हाथों को अपने हाथों में ले लिया। उन्हें स्वर्गीय आनन्द का-सा अनुभव हुआ। वह अपने आप तक को भूल गए थे, परंतु होंठ कांप-से रहे थे।

"मैं एक अदना मुसाफिर तुम्हारी मुहब्बत का प्यासा हूं। दूर-दूर भटकते-भटकते मुझे एक ऐसी चीज मिल गई है, जो मेरे दिल को पूरी तरह से राहत दे सकेगी—और वह चीज तुम हो, मेहर! मुझे नाउम्मीद करना। मैं प्यासा हूं—तुमने अगर मेहरबानी न की तो कयामत तक प्यासा ही रह जाऊंगा।"

"मुसाफिर! सुलतान...।" मेहर के मुंह से अस्फुट स्वर निकला। वह भी आपा खो चुकी थी—"आह, मैं नहीं जानती थी सुलतान कि मुहब्बत इतनी राहत देने वाली चीज है। तुम्हें पाकर मैं बहुत खुश हूं।"

"मैं भी, मेरी महबूबा! मेरे दिल की मल्लिका!"—सुलतान ने कहा और दोनों के अधरोष्ठ एक साथ मिलकर, शान्त वातावरण में एक विचित्र ध्वनि छोड़कर पृथक हो गये। ग्रीष्म ऋतु की गर्मी में उन्हें शीलता का अनुभव हुआ।

इसी समय बाहर से किसी के गाने की ध्वनि सुनाई पड़ी। दोनों के सुखमय संसार में अन्धकार की धूमिल छाया का प्रवेश हो गया।

"हैं, यह गाने की आवाज किसकी है?" सुलतान आश्चर्य से बोले। मेहर आवाज सुनकर अत्यधिक घबरा उठी।

वह बोली—"मालूम होता है कि सरदार अपने गिरोह के साथ लौट आया है। यह गाने की आवाज कादिर की है। वह सरदार का दाहिना हाथ है।"

सुलतान के हृदय की स्पन्दन-गति तीव्र हो गई थी।

"अब हम बुरे फंसे। उनके आने की आज जरा भी उम्मीद न थी। वे तो अभी हफ्तों में आने वाले थे, अब क्या होगा?" मेहर ने कम्पित स्वर में कहा।

"यहां कोई तलवार है?" सुलतान ने पूछा।

मेहर बोली—"तलवार से काम नहीं चलेगा, सुलतान! उनकी गिनती बहुत ज्यादा है। अगर तुम उससे भिड़ गये तो तुम्हारी खैर नहीं। ओह, वे सब दरवाजा खटखटा रहे हैं। खोलना चाहिए...या खुदा! क्या करूं मैं? अच्छा सुलतान। तुम इस चारपाई के नीचे छिप जाओ, जल्दी करो।"

और कोई रास्ता न देख सुलतान चारपाई के नीचे जा छिपे।

मेहर ने आगे बढ़कर दरवाजा खोल दिया। डाकू अन्दर आ गये और अपनी-अपनी कोठरियों में जाकर आराम करने लगे।

सरदार मेहर के साथ उस कोठरी में आया, जिसमें सुलतान छिपे थे। चारपाई पर बैठकर सरदार बोला—“मेहर!”

“जी...!” मेहर ने प्रसन्नता-मिश्रित स्वर में कहा।

“आज तो तुम्हारे चेहरे पर खुशी झलक रही है। इतना खुश तो मैंने तुम्हें कभी नहीं देखा था। आओ इधर, मेरे पास बैठो।” सरदार ने कहा।

मेहर सरदार की बगल में चारपाई पर जा बैठी। सरदार बहुत खुश हुआ, क्योंकि उसने मेहर को इतना प्रफुल्लित कभी नहीं देखा था। और उस दिन जब वह मेहर के सामने आता तो मेहर बराबर उसे कोसा करती और बुरा-भला कहा करती थी—परंतु आज न जाने क्या सोचकर वह सरदार के बगल में जा बैठी।

आज तक सरदार ने मेहर को अपने पास बिठाने का कितना ही प्रयत्न किया था, परंतु वह टस-से-मस तक नहीं हुई थी। आज स्वयं अपनी इच्छा से वह उसके पास जा बैठी तो सरदार ने समझा कि अब वह रास्ते पर आ गई है। उसके अधर धीरे-धीरे मेहर की ओर बढ़ने लगे।

अब मेहर को उसके पास बैठने की गलती महसूस हुई। वह तेजी से उठ खड़ी हुई और घृणायुक्त स्वर में बोली—“मैं तुम्हें नहीं चाहती—मुझे परेशान न करो।”

सरदार झुंझला उठा। उसकी काम-वासना जाग्रत हो उठी थी। उसने खड़े होकर बलपूर्वक उसे छाती से लगा लिया और बोला—“देखता हूं, अब किस तरह से तू मुझसे बच सकती है। आज तक तेरी सब सुनता आया हूं, लेकिन अपनी बात पूरी करके ही रहूंगा।”

सरदार की दृढ़ता देखकर मेहर को अपनी चेतना जैसे लुप्त होती मालूम पड़ीं। वह एकबारगी चीख उठी।

चारपाई के नीचे पड़े हुए सुलतान से अब न रहा गया। वह बाहर निकल आये और झपटकर सरदार को ऐसा धक्का दिया कि वह जमीन पर लुढ़क गया, परंतु तुरंत ही उठ खड़ा हुआ। एक क्षण के लिए अपने प्रतिद्वन्द्वी को आश्चर्यचकित नेत्रों से देखा।

“तुम...तुम, एक अदने आदमी।” सरदार ने लपककर अपनी तलवार उठा ली।

मेहर यह सोचकर चीख उठी कि जो सरदार रात-दिन तलवार से—खून से खेला करता है, उसका सामना सुलतान किस तरह कर सकेंगे।

सरदार के हाथ की तलवार विद्युत रेखा-सी चमक उठी। सुलतान कायर नहीं थे। भला जिसके अधिकार में एक विशाल साम्राज्य रहा हो, क्या उसकी भुजाओं में इतनी भी शक्ति न होगी कि वह डाकू का सामना कर सके।

सुलतान थोड़ा पीछे हटे और निमिषमात्र में उनकी कसी हुई मुट्ठी सरदार की कनपटी पर जा बैठी। सरदार का सिर चकरा गया। आज तक वह इस तरह पराजित कभी नहीं हुआ था।

"काफिर कहीं का, निहत्थे पर वार करता है? तलवार बजाने का शौक है तो दे मुझे भी तलवार!" सुलतान ने कहा।

"नादान! क्यों जान देने के लिए सांप से खेलने की कोशिश कर रहा है? लड़ने का शौक है। ऐसा ही है...तो ले यह तलवार...।" सरदार ने एक तलवार सुलतान के आगे फेंक दी—"हां, आ जा! देख, अगर घर में बीवी बच्चे हों, तो अब भी खैर है।"

"शुक्र है खुदा का कि आज मेरा शौक पूरा होगा।" सुलतान ने कहा—"आज तक मैं ऐसे मौके की ताक में था कि कोई बहादुर मुझसे तलवार बाजी का शौक करे। आज तुम मिल ही गये। देखना, बच के आना! हां, शाबाशा।"

सुलतान का वार भयानक था, मगर वह उसे बचा गया।

तीव्र गति से तलवारें बजने लगीं। दल के लोग, तलवारों की झनझनाहट सुनकर वहां आ पहुंचे थे, मगर सरदार का संकेत पाकर सब अलग खड़े थे।

"यह लो...।" सरदार की तलवार दीवार पर झन्न से जा टकराई—"खबरदार, तलवार उठाने की कोशिश न करना।"

सरदार की तलवार दीवार से टकराकर जमीन पर गिर पड़ीं थी, मगर सुलतान ने उसे उठाने का अवसर नहीं दिया।

सुलतान की तलवार की नोक सरदार की छाती पर जा लगी—"अब तुम हारे!" सुलतान ने कहा।

"शाबाश बहादुर...!" सरदार ने कहा। वह उस खूबसूरत नौजवान की बहादुरी देखकर बेहद खुश हुआ—"तुम बहुत दिलेर हो। मुझे तुम पर नाज है। तुम अपनी कहानी कह जाओ। तुम कौन हो, यहां किस तरह आ पहुंचे...?"

सुलतान ने एक मनगढ़ंत कहानी सुना दी और अपना राज छुपायें रखा।

सुनकर सरदार बहुत खुश हुआ। बोला—"क्या कहते हो तुम? क्या तुम्हारा घर-मकान कुछ भी नहीं है? तुम दुनिया में अकेले हो? तब तो ठीक है दोस्त! अब मैं तुम्हें नहीं जाने दूंगा। ऐसे बहादुर जवान को अपने साथ पाकर मुझे बेहद खुशी हासिल होगी। आज से तुम मेरे ही साथ रहोगे और मेरे काम में हाथ बंटाओगे। मैं सब काम तुम्हारी राय से करूंगा।"

सुलतान कुछ देर तक सोचते रहे—सोचते रहे कि सरदार का प्रस्ताव ग्राह्य है या नहीं। अन्त में उन्होंने सरदार का प्रस्ताव स्वीकार कर लेना ही उचित समझा, क्योंकि वहां रहकर उन्हें मेहर से मिलने का सदा अवसर मिलता रहेगा। उन्होंने सोचा कि जब तक मेहर को आजाद कराने की कोई सूरत नहीं निकल आती, तब तक यहीं रहकर दिन बिताये जाएं।

"मैं तैयार हूं।" सुलतान ने उत्तर दिया—"मगर तुम मेहर से कुछ भी शरारत नहीं करोगे।"

मेहर अकेली बैठी थी, उस सुनसान मकान में। उसका हृदय रह-रहकर सुलतान की याद में तड़प उठता था।

आज सवेरे से ही डाकुओं का समूह कहीं गया हुआ था। सुलतान भी उसी गिरोह के साथ थे।

जाने क्या सोचती हुई मेहर अन्यमनस्क भाव से बैठी थी कि दूर से किसी के गाने का स्वर सुनाई पड़ा।

"हैं! यह तो कादिर की आवाज जान पड़ती है।" मेहर ने कादिर का स्वर तुरंत पहचान लिया, क्योंकि कादिर ही उस गिरोह में ऐसा दयावान व्यक्ति था जिसे मेहर से पूरी सहानुभूति थी। गायन कला में उसकी पहुंच अच्छी थी।

गाने का स्वर मकान के द्वार तक आकर रुक गया। साथ ही खट-खट की आवाज हुई। मेहर ने दौड़कर दरवाजा खोला। प्रसन्नचित्त कादिर अन्दर आया।

"सुना...!" कादिर प्रसन्नतामिश्रित स्वर में मेहर से बोला—"आज सुलतान ने ही सरदार की जान बचाई, नहीं तो उस खौफनाक शेर ने तो उन्हें मार ही डाला था। आह! यह तो सुलतान भी कितना बहादुर है। वाह रे नौजवान! बहादुर हो तो ऐसा हो।"

"क्या बात है कादिर?" मेहर ने अत्यंत उत्सुक होकर पूछा।

"जंगल से आते समय हम लोगों पर एक खौफनाक शेर ने हमला कर दिया। हम सब तो भाग खड़े हुए, मगर सरदार को उसने दबोच लिया। हमारी आंखों के सामने अंधेरा छा गया, इस तरह जैसे काली रात। कुछ सूझता ही न था कि क्या करें? मगर वाह रे सुलतान! वाह रे, उसकी हिम्मत! दौड़कर उस बहादुर ने उस पर तलवार का ऐसा जबरदस्त वार किया कि थोड़ी ही देर में छटपटाकर उसने दम तोड़ दिया।"

मेहर हंसने लगी।, फिर बोली—"क्या सरदार बहुत ज्यादा घायल हो गये हैं?"

"हां बहुत ज्यादा, मगर बच जायेंगे। सुलतान उन्हें उठाकर ला रहा है, मगर वाह रे सुलतान! हाथी-सा बल है उसके बदन में और चेहरा तो चमकता चांद है! क्यों मेहर, हंसती क्यों हो? मुझसे कोई बात छिपी है क्या? क्या मैं अंधा हूं कि यह भी न देख सकूं कि जब से वह आया है, तुम कितनी खुश रहती हो? इसके पहले मैं तुम्हें घंटों समझाता था, मगर तुम्हारे चेहरे की गमगीनी न जाती थी...मगर मेहर, तुमने मुझसे यह बात छपाई क्यों?"

कादिर की बातों से मेहर की आंखों में आंसू छलछला आये। कादिर बोला—"छि बहन! रोती हो? मुझे बेरहम न समझना। मैं डाकू हूं तो क्या, मेरा दिल मोम-सा मुलायम है। क्या कहूं बहन, शुरू से ही मुझे सरदार ने पाला है, नहीं तो यहां से कभी का निगल भागा होता।"

* * *

“आह-आह!” सरदार ने करवट बदली।

“कैसी तबीयत है सरदार आपकी?”

सरदार ने अपनी निस्तेज आंखें ऊपर की ओर उठाईं—“सुलतान, मैं किस मुंह से तुम्हारी तारीफ करूं? तुम मेरे भाई हो। तुमने मुझ पर जो एहसान किया है, उसका बदला तुम्हें खुदा देगा, मैं तो अदना इन्सान हूं। तुम्हारे एहसान का बदला चुकाना मेरी ताकत से बाहर है।”

धीरे-धीरे गिरोह का प्रत्येक व्यक्ति सुलतान को चाहने लगा। सभी सुलतान से दो-दो बातें करने के लिए लालायित रहा करते।

सरदार भी सुलतान को जी-जान से चाहने लगा था, मगर उसे मेहर और सुलतान की प्रेम-लीलायें, उनका घंटों अकेले बैठकर बातें करना अच्छा न लगता था।

जब से सुलतान वहां रहने लगा, तब से सरदार ने, फिर कभी मेहर को तंग करने का प्रयास नहीं किया। सुलतान गिरोह के हर एक आदमी को प्रसन्न रखने के लिए जी-जान से कोशिश कर रहे थे।

कादिर और सुलतान में खूब बनती थी। मेहर का प्रेम पाकर सुलतान सब कुछ भूल गये थे। मेहर के प्रेम के कारण ही सुलतान डाकुओं का साथ दे रहे थे, मगर अवसर की ताक में सदा रहते थे। मेहर की मुक्ति का प्रश्न उनके लिए सबसे महत्त्वपूर्ण था।

एक महीने बाद—

सरदार बिल्कुल स्वास्थ्य हो गया। उसने अपने सब साथियों को और सुलतान को बुलाकर कहा—“आज बहुत दिनों बाद मेरी तबियत ठीक हुई है। अब मैं चाहता हूं कि हम लोग किसी ऐसी जगह डाका डालें कि हमारा इतने दिनों का नुकसान पूरा हो जाये। इस काम के लिए मैंने सुलतान काशगर का महल चुना है।”

सुनते ही सुलतान चौंक पड़े। वह सरदार उन्हीं के महल को लूटने का मंसूबा बांध रहा है। खैर, देखा जायेगा।

सरदार कहता गया—“मुझे अच्छी तरह मालूम है कि सुलतान काशगर के महल में काफी रकम इकट्ठी है और अगर कोशिश करके हम यह रकम हाथ में कर सके। तो हमें इस पेशे से हमेशा के लिए छुट्टी मिल जायेगी। इधर सुनने में आया है कि सुलतान, सल्तनत छोड़कर न जाने कहां चले गये हैं और तख्त पर इस वक्त नाकाबिल परवेज का कब्जा है। इसलिए हमें कुछ भी दिक्कत न उठानी पड़ेगी। जाओ, तैयारी करो।”

* * *

जब से सुलतान काशगर सिंहासन छोड़कर चले गये हैं, वृद्ध वजीर बराबर चिन्ताग्रस्त रहता है, क्योंकि उसे शहजादे परवेज के रंग-ढंग अच्छे नहीं दीखते।

48

सुलतान का रंगमहल आजकल सूना पड़ा हुआ है। महल के बाह्य भाग में वजीर ने अपने रहने का स्थान चुन रखा है, ताकि महल के अंदर जितनी अपार धनराशि एकत्रित है, उस पर कोई बद-निगाह न डाल सके।

यों तो वजीर के लिए एक छोटा-सा महल अलग है, परंतु सुलतान के महल को असुरक्षित देखकर उसने वहीं रहना ठीक समझा।

अर्धरात्रि के अवसान होने में कुछ ही समय शेष था कि वृद्ध वजीर को निद्रा अकस्मात् भंग हो गई।

वह जल्द से पलंग पर उठ बैठा और कान लगाकर उस आवाज पर गौर करने लगा, जिसे सुनकर निद्रा टूटी थी।

उसने महल के अन्तःपुर से कुछ आवाज सुनी, जैसे महल में बहुत से आदमी घुस आये हों और धीरे-धीरे बातें कर रहे हों।

शीघ्रता के साथ, मगर इस तरह कि अवाज न हो, वह उठ खड़ा हुआ और दरवाजा खोलकर बाहर के पहरेदार को जगाया। पहरेदार आंख मलता हुआ उठ बैठा।

वजीर ने उससे कहा—"मादू! महल में डाकू घुस आये हैं। तू जल्दी से जा और सिपहसालार से कह कि पांच सौ सिपाहियों को लेकर महल का कोना-कोना घेर ले। बहुत होशियारी और आहिस्ता से यह काम हो। समझ गया न। जा, जल्दी कर!" पहरेदार चला गया।

वजीर ने अपनी तलवार उठाई और अंधेरे में ही वह दबे पांव महल के अग्रभाग वाले हिस्से की ओर बढ़ा।

* * *

सुलतान काशगर के विलास भवन का द्वार खुला और एक काली आकृति भीतर घुसी। उसके तुरंत बाद ही एक दूसरी काली आकृति ने उसका अनुसरण किया।

पहली आकृति ने कहा —"तुम आ गये सुलतान?"

दूसरी आकृति बोली —"जी सरदार! हम लोग ठिकाने पर पहुंच गये हैं, मगर जरा धीरे बोलिये, यह खास सुलतान का ख्वाबगाह है।"

"मगर तहखाने का रास्ता कहीं नहीं दीख पड़ता...।" सरदार ने कहा।

दोनों तहखाने का रास्ता खोजने लगे। इस समय सुलतान की विचित्र अवस्था हो रही थी। उनकी समझ में नहीं आ रहा था कि क्या करना चाहिए! एक बार तो उनके मन में आया कि वे शोर मचाकर सब डाकुओं को पकड़वा दें, परंतु शीघ्र ही उन्होंने एक दूसरा रास्ता सोच लिया।

इतने में एक आदमी घबराया हुआ अंदर घुसा और सरदार से बोला—"गजब हो गया सरदार! पहरेदार जाग गये हैं। उन्होंने हल्ला बोल दिया है। चारों तरफ से सिपाही हमें घेर रहे हैं। अब हमारी खैर नहीं!"

“तुम घबराओ नहीं!” सरदार गम्भीर स्वर में बोला।

सरदार हमेशा से ही इस तरह के खतरे उठाने का आदी हो गया था।

“सुलतान अब क्या करना चाहिए?” उसने सुलतान की ओर अभिमुख होकर पूछा।

सुलतान मन-ही-मन वज़ीर की तत्परता और चतुरता देखकर बहुत प्रसन्न हो रहे थे।

वे बोले—“बेहतर होगा कि हम अपने सब साथियों को एक जगह कर लें, फिर जो कुछ सामने आयेगा, सब साथ ही झेलेंगे।”

सरदार ने अपने सब साथियों को अंदर बुला लिया। बाहर चारों तरफ टिड्डियों की तरह सिपाही फैल गये थे। डाकुओं की हालत चिंताजनक हो रही थी।

इतने में एक डाकू बोल उठा—“सरदार! भागने का एक रास्ता है। बगल वाले दरवाजे से हम बाहर निकल सकते हैं।”

“हां-हां! यह रास्ता तो ठीक है। चलो, सब लोग भाग चलें।” सरदार ने कहा।

सुलतान का ध्यान अभी तक बगल वाले दरवाजे की ओर नहीं गया था। अब उनका भी ध्यान उस ओर गया। अगर लोग अधर से भागते हैं तो उन्हें को कोई पकड़ नहीं पायेगा, परंतु सुलतान ने तो उन्हें पकड़वा लेने का दृढ़ निश्चय कर लिया था। उन्होंने सरदार पर अहसान लादने का अच्छा उपाय सोच रखा था।

सब डाकू भाग जाने के लिए दरवाजे की ओर बढ़े। सुलतान ने सबको हाथ से बाहर जाते देखा।

उन्होंने लपक कर पास ही दीवाल में लगी हुई एक छोटी-सी कील दबा दी। उनकी इस कार्य वाही को कोई देख न सका।

कील दबाते ही विलास भवन के दरवाजे, बिना शब्द किए हुए अपने आप बंद हो गये। कोई डाकू भाग न सका।

“यह क्या?” अब सरदार भी घबरा उठा।

“हम चारों ओर से बंद हो गये हैं, सरदार!” सुलतान ने कृत्रिम दुख के साथ कहा।

थोड़ी ही देर में वज़ीर के सिपाहियों ने आकर सब डाकुओं को बंदी बना लिया। सुलतान भी पकड़ लिए गये। उन्होंने अपने चेहरे का अधिकांश भाग साफे से छिपा रखा था।

दूसरे दिन दरबार आम हुआ। राज्य के सभी बड़े-बड़े प्रतिष्ठित नागरिक और उच्च-पदस्थ कर्मचारी उपस्थित थे।

सुलतान का सिंहासन रिक्त था। नीचे एक छोटे से सिंहासन पर शहजादा परवेज बैठा था। उससे कुछ नीचे वज़ीर का आसन था। वज़ीर की आज्ञा से कल के पकड़े हुए सब डाकू उपस्थित किए गये।

वज़ीर उठा और शहजादे का अभिवादन कर बोला—“जहांपनाह! ये डाकू कल शहंशाह के ख्वाबगाह में पकड़े गये हैं।”

"भाईजान के महल में घुस आये थे सब? इनकी इतनी हिम्मत?" परवेज बोला।

वजीर डाकुओं के सामने खड़ा हो गया और अपनी बूढ़ी आंखें सरदार की आंखों में डालकर बोला—"क्यों सुलतान का खजाना लूटने आये थे? परंतु बुड्ढे वजीर को इतनी जल्दी कैसे भूल गये तुम लोग!"

अकस्मात् वजीर की उड़ती हुई दृष्टि सरदार के बगल में खड़े सुलतान पर जा पड़ीं।

यद्यपि इस समय भी सुलतान के चेहरे का पर्याप्त भाग छिपा हुआ था, फिर भी वजीर ने उन्हें कुछ-कुछ पहचान लिया।

वजीर उन्हें गौर से देख रहा था। दूसरे ही क्षण उसके चेहरे पर मुस्कराहट खेल गई। भला अपने सुलतान को वह कैसे न पहचानता?

किसी ने नहीं देखा कि सुलतान की दाहिनी आंख का एक कोना कुछ बंद हुआ। इतने से वजीर सब कुछ समझ गया।

आंख का संकेत पाते ही वह जान गया कि सुलतान अभी अपना भेद गुप्त रखना चाहते हैं।

अतः वह बोला—"तुम...तुम भी हो?"

"हां वजीरे आजम!" सुलतान ने कहा—"मैं ही हूं, जिसने एक दिन जंगल में आपकी जान बचाई थी और आपने वादा किया था कि तुम जो मांगोगे मैं दूंगा। आज मैं आपसे वही वादा पूरा करने की मिन्नत करता हूं।" सुलतान की ये बातें बनावटी थीं।

"क्या है तुम्हारी मुराद बोलो?" वजीर ने पूछा।

सुलतान ने कहा—"मैं चाहता हूं कि मेरे साथ मेरे सब साथी छोड़ दिये जायें।"

"छोड़ दिये जायें?" सम्मिलित कण्ठ से आश्चर्यमिश्रित स्वर दरबारियों के मुख से निकल पड़ा।

मगर वजीर की मुखाकृति शांत थी। वह बोला—"यह मेरे अख्तियार की बात नहीं। ठहरो, शहजादे से आरजू करता हूं।"

वजीर शहजादे से बोला—"जहांपनाह, इस शख्स ने मेरी जान बचाई थी, ऐसे वक्त जबकि मैं मौत के एकदम नजदीक था। एहसान भी इसने मुझ पर बहुत किये थे। मैंने वादा किया था कि तुम्हारी मुराद पूरी करूंगा। आज ऐसे बेवक्त वह अपनी मुराद पूरी करने का ख्वाहिशमन्द है। अगर जहांपनाह का हुक्म हो तो...!"

"वजीर...!" शहजादा बोला—"तुम बुजुर्ग हो। अगर तुम चाहो तो इन्हें छोड़ सकते हो। सल्तनत का कोई नुकसान तो ये लोग कर नहीं पाये।"

वजीर ने कोशिश की।

सब डाकू आजाद कर दिये गये। सरदार सुलतान पर बहुत प्रसन्न हुआ। उसने सुलतान को छाती से लगा लिया। सब डाकू उनकी बलैयां लेने लगे। आज उन्हीं के कारण उनकी जान बची थी तो भला वे सुलतान की बलैयां क्यों न लेते?

वजीर थोड़ी देर के लिए सुलतान से एक कमरे में अकेले मिला। वह सुलतान के पैरों पर गिर पड़ा और आर्तनाद कर उठा—“शहंशाह! आपकी यह हालत? आप...!”

“घबराओ नहीं मेरे बुजुर्ग!”... सुलतान की आंख भी तर हो आई—“क्या करूं, मजबूर होकर डाकुओं का साथ दे रहा हूं। अपने दिल से मजबूर हूं। जब तक इनके साथ रहता हूं, तब तक दिल की जलन ठण्डी रहती है।”

“ताज्जुब है!” वजीर बोला।

अगर उसे मेहर और सुलतान के मुहब्बत की बात मालूम होती तो ऐसा प्रश्न कभी नहीं करता।

“मुझे अब इस सल्तनत से कोई दिलचस्पी नहीं रही, वजीर!”

“नहीं शहंशाह, ऐसा न करिये। आपको दिलचस्पी लेनी होगी। चमन की बहार बुलबुल से है—पौधे की खूबसूरती फूलों से है। जब बुलबुल और फूल ही न रहे तो चमन और पौधा किस काम के, जहांपनाह? आप अब नहीं जा सकेंगे।”

“नहीं! मुझे जाना ही होगा, वजीर!” सुलतान ने कहा। वजीर ने बहुत समझाया, परंतु उनकी समझ में कुछ न आया।

वे डाकुओं के साथ चले गए। सकुशल लौटकर डाकुओं ने खूब आनन्दोत्सव मनाया।

नौ

कई महीने बीत गये।

सुलतान और मेहर का हृदय मिला तो ऐसा मिला, जैसे दूध और पानी। बिना एक-दूसरे को देखे उन्हें चैन न पड़ता।

मेहर के प्रेम के कारण ही सुलतान उन डाकुओं का साथ दे रहे थे। सरदार उन पर हमेशा प्रसन्न रहता था। उसे सुलतान की सभी बातें अच्छी लगती थीं, परंतु उनका मेहर से एकान्त में मिलना भी उसे खटकता था। गिरोह के और डाकू सुलतान को भाई-सा प्यार करने लगे। सुलतान ने अपनी मीठी-मीठी बातों से सभी को वश में कर रखा था।

"मेहर!" एकान्त देखकर सुलतान ने मेहर को गुदगुदा दिया।

मेहर कटाक्ष करती हुई बोली—"वह क्या है?"

"कुछ नहीं, सिर्फ उंगलियां शरारत कर बैठी हैं।", फिर एकाएक गम्भीर होकर बोला— "प्यास ने मुझे बेदम कर दिया है। वह प्यास कैसी है, जानती हो? वह है मुहब्बत की प्यास। तुम तो जानती ही होगी मेहर! कि मुहब्बत की प्यास, उल्फत की जलन कितनी तकलीफदेह होती है।"

मेहर सुलतान की बात सुनकर खिलखिला पड़ीं—"तुम कभी-कभी जमीन से आसमान तक की बातें करने लगते हो सुलतान!" अकस्मात् उसी समय उसके सिर की ओढ़नी नीचे खिसक गयी। काली घटा जैसे केश कमर तक फैल गये।

सुलतान के हाथ आगे बढ़े। दूसरे ही क्षण वह सौन्दर्य की प्रतिमा उसकी गोद में समा गई।

"सुलतान!" दरवाजे पर से सरदार का कर्कश स्वर सुनाई पड़ा।

सुलतान ने घबराहट में मेहर को छोड़ दिया। मेहर कांपती हुई एक ओर खड़ी हो गई। सरदार कमरे के अंदर आ गया। उसने सब कुछ देख लिया था। उसकी आंखें अंगारे जैसी लाल थीं। क्रोध से उसके होंठ फड़फड़ा रहे थे।

"सुलतान!" उसके मुख पर मन्द मुस्कान की रेखा खिल उठी। उसने मुस्कराते हुए सुलतान के कंधे पर हाथ रख दिया।

"जी जरा मेहर से बातें कर रहा था।" सुलतान ने झेंपते हुए कहा।

"मगर बात इस तरह नहीं की जाती दोस्त...!" सरदार ने व्यंग्य किया—"मेरे सीधेपन से बेजा फायदा उठाने की कोशिश न करो सुलतान। आओ मेरे साथ।"

***

उस दिन सुलतान की तबीयत खराब थी, इसलिए वे डाकुओं के साथ न जा सके। मकान में केवल मेहर और सुलतान थे। मेहर सुलतान के साथ बैठी हुई थी।

"कैसी तबीयत है, सुलतान?" मेहर ने पूछा।

"तबीयत एकदम ठीक है, मेहर! सिर्फ जलन मुझे परेशान कर रही है। मैं यहां बहुत खुश था और चाहता था कि पूरी जिंदगी यहीं गुजार दूं, मगर अब मालूम होता है, जैसे यह नामुमकिन है। सरदार को हमारी मुहब्बत से जलन होती है।"

"एक घर में रहते हुए भी हमारी मुलाकात नहीं हो पाती।" मेहर ने कहा—"सरदार के डर से मैं उफ तक नहीं कर सकती, मगर क्या कहूं सुलतान! तुम्हारी याद, तुम्हारी जुदाई मुझे बेइन्तहा तकलीफ देती है।"

"तभी तो कहता हूं मेहर, कि मैं प्यासा हूं। सामने पानी रखा है, मगर पी नहीं सकता। मुझ-सा बदकिस्मत कौन होगा तुम भी तो..." सुलतान ने एक गहरी सांस ली।

मेहर ने उसके कंधे पर अपना हाथ रख दिया और बोली—"प्यारे सुलतान! ऐसी तरकीब करो कि तुम्हारी मुहब्बत ताकयामत कायम रहे! कोई जरिया सोचो! मैं तुम्हें पाने के लिए हर खतरा उठा सकती हूं, जान भी दे सकती हूं।"

सुलतान ने मेहर को खींचकर सीने से लगा लिया और बोले—"क्या करूं? कुछ समझ में नहीं आता! आजकल सरदार बुरी तरह मेरे पीछे पड़ गया है। आज ही देखो, अगर मैं बीमारी का बहाना न करता तो वह मुझे कभी यहां न रहने देता।"

"हम दोनों एक-दूसरे के लिए तड़पते रहते है, मगर खुदा का कहर कि हमारी ख्वाहिशें ख्वाहिशें ही रह जाती हैं। अब ज्यादा नहीं सहा जाता। चलो, निकल चलें यहां से कहीं दूर, इतनी दूर कि जहां नापाक इन्सानों का हाथ न पहुंच सके।"

आश्चर्य करते हुए सुलतान ने पूछा—"लेकिन कहां?...कितनी दूर?...किस जगह?"

"तुम जहां भी कहीं ले चलो, मैं चलने को तैयार हूं, मगर अब मैं यहां नहीं रह सकती। चलो, अगर दुनिया भर में हमें कोई जगह नहीं मिलेगी, तो हम दोनों खुदकुशी कर लेंगे। यह तो बस की बात है न?...सुलतान, मेरे सुलतान! बोलो न?"

"अच्छी बात है,? मैं तैयार हूं। मेरा घोड़ा मौजूद है। चलो, उसी पर चढ़कर इसी वक्त भाग चलें। मौका अच्छा है...।" सुलतान ने कहा—"जल्दी करो, नहीं तो सरदार आ जायेगा।"

"आ जायेगा नहीं, आ गया।" दरवाजे पर से आवाज आई।

मेहर और सुलतान ने देखा कि दरवाजे पर क्रोध से कांपता हुआ सरदार खड़ा है।

"नादान दोस्त! जान-बूझकर मौत को क्यों बुलता है...।" सरदार आगे बढ़ आया और उसने सुलतान के गाल पर तड़ाक से एक तमाचा जड़ दिया। सुलतान ने चाहा कि ईंट का जवाब पत्थर से दे, परंतु चुपचाप खड़े रहे।

“आओ मेरे साथ!” - सरदार ने, फिर गरज कर कहा और दूसरे कमरे की ओर चल पड़ा। सुलतान भी उसके पीछे चले। जाते-जाते उसकी दृष्टि मेहर पर पड़ीं। उन्होंने देखा कि मेहर की बड़ी-बड़ी आंखों में मोती जैसी बूंदें झर रही हैं मानो उनसे कह रही हों—“सुलतान! यह क्या हुआ? हम मिल करके भी आज जुदा क्यों हो रहे हैं?”

दूसरे कमरे में जाकर सरदार सुलतान से बोला—“सुलतान! तुम दोनों ने सोचा था कि सरदार हम दोनों से बेफिक्र हो गया है—मगर यह तुम्हारी भूल है! इसकी सजा जानते हो क्या?”

“नहीं।” सुलतान ने लापरवाही से कहा मानो वे सब कुछ कहने के लिए तैयार हो।

सरदार कहने लगा—“इसकी सजा मौत है—समझे! मगर नहीं, मैं तुम्हारे लिए सजाये मौत तजवीज नहीं करूंगा, क्योंकि तुमने तीन बार मेरी जान बचाई है, मैं भी तुम्हारी जान बख्शता हूं, मगर तुम अब यहां नहीं रह सकते। क्यों, जानते हो—नहीं जानते? अगर तुम यहां रहोगे तो मेहर को अपना बनाने की कोशिश करोगे और इस तरह मेरी सारी उम्मीदों पर पानी फेर दोगे। मैं मेहर से मुहब्बत करता हूं, मगर अब तक वह मुझसे नफरत करती आ रही थी। मैं भी देखूंगा कि तुम्हारे चले जाने पर वह कैसे नहीं मुझे कबूल करती है?”

“सरदार!”

“बोलने की कोशिश न करो। मैं तुम्हें छोटे भाई-सा प्यार करता रहा। मुझे अफसोस है कि आज तुम्हारे जैसा बहादुर शख्स मेरे गिरोह से चला जायेगा, मगर मैं क्या करूं। मुझे लाचार होकर ऐसा हुक्म देना पड़ रहा है।”

सरदार के स्वर में नम्रता के साथ-साथ कठोरता का भी मिश्रण था—“तुम अभी अपने जाने का इन्तजाम कर लो और, फिर भूलकर भी इधर पैर न रखना। सुलतान गमगीन न बनो। मैं जानता हूं कि तुम्हें यहां से जाते हुए बड़ी तकलीफ होगी, क्योंकि तुम मेहर को चाहते हो, मगर मेरे दोस्त, अब इस जिंदगी में वह कभी तुम्हें नहीं मिल सकेगी! वह मेरी है, मेरी रहेगी।”

* * *

निमिषमात्र में यह खबर सारे गिरोह में फैल गई कि आज सुलतान जाने वाला है।

मेहर ने भी सुना, कादिर ने भी सुना, सबने सुना।

“क्या सुलतान जा रहा है?”

“हां! सरदार ने उन्हें जाने का हुक्म दिया है।”

“मगर कसूर उसका?”

“न जाने क्या कसूर उसने किया है...।”

* * *

“क्या कहा?”

55

“बेचारा सुलतान आज हमें छोड़कर जा रहा है। कितना अच्छा आदमी था बेचारा और कितना बहादुर!”

* * *

“तुम जा रहे हो सुलतान?”

“क्या करूं कादिर! खुदा की यही मर्जी है, रोओ नहीं। मैं जानता हूं तुम मुझे बहुत चाहते हो, मगर समझ लेना कि हमारी मुलाकात ख्वाब में हुई थी। जा रहा हूं, अपनी आंखें पौंछ लो। देखना, मेहर की देख-रेख करना।”

* * *

सुलतान के चले जाने के समाचार से सभी डाकुओं को ठेस लगी। किसी की भी आंखें सूखी न रहीं।

सुलतान की विदाई के लिए सब डाकू इकट्ठे हुए। सरदार भी आया। बारी-बारी से सभी के गले मिला। कादिर को भी गले से लगाया। कादिर रो रहा था। रोते हुए ही बोला—“तुम चले ही जाओगे सुलतान! क्या सचमुच अब मुलाकात न होगी?”

सुलतान का गला भर आया। वे कुछ बोले नहीं, केवल अपने रूमाल से कादिर की गीली आंखें उन्होंने पोंछ दीं।

सबके पश्चात सुलतान सरदार से मिले। सरदार का भी दिल रो रहा था, मगर मेहर के लिए उसे सुलतान को दूर हटाना ही था।

“सरदार! मेरे सरदार!”

“सुलतान!”—सरदार के गले से रुकती आवाज निकली।

“चलते वक्त मेरी एक ख्वाहिश है—सिर्फ एक! और वह भी बहुत आसान है। खुदा के लिए उसे पूरी कर दो, सरदार!”

“क्या है तुम्हारी ख्वाहिश, सुलतान?” सरदार ने पूछा।

“चलते वक्त सिर्फ दो मिनट के लिए मेहर से मिलने की इजाजत चाहता हूं। इनकार मत करना, सरदार!” सुलतान ने अत्यंत ही दीन स्वर में कहा।

सुलतान ने मेहर के प्रकोष्ठ में प्रवेश किया। मेहर चारपाई पर पड़ीं सिसक रही थी! सुलतान ने प्रेमपूर्वक उसे उठाया और कहा—“यह आखिरी मुलाकात है, मेहर! शायद ही अब इस जिंदगी में मैं तुमसे मिल सकूं।”

“तुम चले जाओगे सुलतान? मुझे यहीं अकेली छोड़कर...।” मेहर जोरों से रो पड़ीं। उसने सुलतान की गोद में अपना सिर रख लिया।

56

"मेहर! खुदा की मरजी को कौन टाल सकता है। हम तुम मिले थे, सिर्फ बिछड़ने के लिए! हमारी-तुम्हारी मुहब्बत हुई थी सिर्फ तड़पने के लिए, ख्वाब था यह सब मेहर!" सुलतान ने कहा।

"नहीं-नहीं मेरे सुलतान! ऐसा न कहो। यह ख्वाब नहीं सच है और सच, सच होकर रहेगा। सुलतान तुम फूल हो, मैं खुशबू! तुम कालिब हो, मैं रूह! मेरे महबूब, मुझे भी ले चलो अपने साथ। मैं भी चलूंगी—।"

"मैं तुम्हें ले चलने को तैयार हूं, मेहर! मेरे बाजुओं में इतनी ताकत है कि...।"

"नहीं-नहीं तुम अकेले हो...मैं तुम्हारी जान खतरे में नहीं डालूंगी, सुलतान! यूं ही तड़पकर जान दे दूंगी...तुम जाओ। मैं अपने आराम के लिए तुम पर आफत नहीं आने दूंगी।"

सुलतान ने मेहर को हृदय से लगा लिया।

मेहर ने अपना शरीर ढीला कर दिया और निश्चेष्ट होकर सुलतान के हृदय से चिपटी रही। दोनों प्रेमियों का वह मिलन कितना कारुणिक था।

"मुझे भूलने की कोशिश करना, मेहर!" मेहर को अलग करते हुए सुलतान ने कहा।

"करूंगी...।" यह शब्द मानो मेहर की कब्र से निकला हो—"यही आखिर भेंट है, मेरे सुलतान! जाओ, रुक नहीं सकते तो जाओ! खुदा की यही मरजी है!"

सुलतान दरवाजे की ओर बढ़े। उनके कानों में अभी तक मेहर की यह आवाज गूंज रही थी—"यही आखिरी भेंट है...रुक न सको तो, जाओ, तुम जाओ।"

उधर दरवाजे पर बैठा हुआ कादिर हिचकियां लेकर गा रहा था—

रुक न सको तो जाओ, तुम जाओ।
एक मगर हम सबकी है फरियाद,
कभी हमारी भी कर लेना याद।
हम तो तुम्हें भूल न सकेंगे,

तुम चाहे बिसराओ—तुम जाओ!
सुलतान मेहर से विदा लेकर बाहर आये।
मगर कादिर ने मानो सुना ही नहीं। उसकी आंखों से अविरल अश्रुधारा बह रही थी।
वह तन्मय होकर गा रहा था—
प्यारा वतन बिछुड़ता तो जब पंथी—
किसका हृदय न भर जाता पंथी!
तुम ये आंसू देख हमारे,
कमजोरी न दिखाओ—तुम जाओ!

सुलतान बढ़ चले जंगल की ओर। उनका हृदय बैठा जा रहा था। जंगल के पेड़-पत्ते उनकी हंसी उड़ा रहे थे। पश्चिम में सूर्य भगवान अस्ताचल की ओर जाने की तैयारी में थे।

कादिर हिचकियों ले-लेकर गा रहा था। गाने की आवाज अभी तक कानों में आ रही थी। उसकी दर्द भरी आवाज से पेड़ों की पत्तियों तक कांप रही थीं।

वे आगे बढ़ते ही चले जा रहे थे, परंतु स्वयं उन्हें भी यह न मालूम था कि उनकी यह मंजिल कहां जाकर समाप्त होगी।

संध्याकाल की बेला में, नीड़ों की ओर जाते हुए पक्षियों का समूह मानो पूछ रहा था— "ऐ मुसाफिर! कहां जायेगा इतनी विकट परिस्थिति में?"

पेड़ पल्लव कह रहे थे—"पथ भ्रांत पथिक! लौट जा अपने घर को, सामने की ओर देख! क्षितिज के पास काली अंधियारी घिरी आ रही है। जा, लौट जा!"

सुलतान का हृदय हाहाकार कर रहा था—"कहां जाए? क्या करे?"

पश्चिमाकाश में अस्त प्राय सूर्य की किरणों के साथ इठलाती हुई रक्तरंजित लालिमा, सुलतान की ओर संकेत करके पूछ रही थी—"कहां है मंजिल तेरी?"

मगर सुलतान आगे बढ़ते ही जा रहे थे। कादिर के गाने की आवाज अभी तक उनके कानों में गूंज रही थी—

रुक न सको तो जाओ, तुम जाओ!

कमर ने ठहाका लगाया और बोला—‘‘तुम भी बड़े भोले हो शहजादे! तुमने आसपास की कुछ खबर नहीं रहती।’’

‘‘आखिर बात क्या है, दोस्त! मैं देख रहा हूं कि तुम्हारे चेहरे पर खुशी और गम दोनों एक साथ मौजूद हैं, बात क्या है?’’ शहजादे परवेज ने पूछा।

‘‘बात ही ऐसी है, शहजादे...!’’ कमर ने कहा—‘‘अब हमारे आराम के दिन गये।’’

‘‘क्यों, आखिर हुआ क्या?’’ शहजादे की आंखों में ताज्जुब तैरने लगा।

‘‘सुलतान, फिर आ रहे हैं।’’

‘‘क्या?...क्या भाईजान, फिर आ रहे हैं?’’—परवेज का मुंह पीला पड़ गया।

‘‘हां, आज तक जो तुम सल्तनत पाने का ख्वाब देखते आ रहे थे, उसे बर्बाद हुआ समझो। तुम्हारे सिपाही दिन-रात सुलतान को खोजते, फिरे, लेकिन कामयाब न हुए। आज सुलतान सही-सलामत सल्तनत के करीब आ गए हैं। वजीर बड़ा खुश है। उसने सुलतान के लिए शहर के बाहर खेमे लगवा दिये हैं। वहीं से सुलतान की सवारी निकलेगी और शहर-भर में घूमती हुई महल में दाखिल होगी। शहर में पूरी तैयारी हो रही है। सारी रियाया खुशी से फूली नहीं समा रही है। अब तुम्हारी और साथ ही साथ मेरी भी सारी तमन्नाएं, सारी ख्वाहिशें हमेशा-हमेशा के लिए सो जाएंगी।’’ कमर ने कहा।

‘‘तो भाईजान की तबीयत अब दुरुस्त हो गई?’’

‘‘मालूम तो ऐसा ही होता है। अब तुम्हारी क्या राय है? खैर घबराने की जरूरत नहीं। अभी बहुत से रास्ते हैं। यह लो, बुड्ढा वजीर चला आ रहा है। मैं जा रहा हूं, तुम इससे निपटो।’’

कहकर कमर चलता बना।

वजीर ने आकर शहजादे को अभिवादन किया और बोला—‘‘आलीजाह! खुदा के फजल से सुलतान सही-सलामत आ पहुंचे हैं। उनकी दिल की सारी परेशानी दूर हो गई है। शहर के बाहर उनका खेमा पड़ा है। शहर में तैयारी का हुक्म मैंने दे रखा है। अब लोग सुलतान का वापस आना सुनकर बहुत खुश हैं—मैंने सोचा—अब आपको भी खबर कर देना जरूरी है, इसलिए चला आया, फिर भी देर से पहुंचा। माफ कीजिएगा।’’

‘‘अब बहुत खुश हूं वजीर, कि भाईजान आ गये। अच्छा हुआ कि मेरे नाजुक कन्धों से इस भारी सल्तनत का बोझ हट गया। तुम शहर-भर में खूब तैयारी कराओ। खूब जलसे हों—समझे!’’ परवेज ने कृत्रिम प्रसन्नता प्रकट करते हुए कहा।

परंतु उसका हृदय भीतर-ही-भीतर रो रहा है, यह वजीर ताड़ गया उसके अंतःप्रदेश में छिपी हुई भावनाओं और उसकी मुखाकृति पर प्रतिक्षण होने वाले परिवर्तनों को देखकर।

वजीर वापस चला गया तो कमर, फिर शहजादे के पास आकर बैठ गया।

"अब कौन-सी राय मुझे दे रहे हो। शुरू से ही मैं तुम्हारी राय पर अमल करता आ रहा हूं।"

"इसके लिए मैंने एक बहुत अच्छी तरकीब सोची है, जो कभी नाकामयाब न होगी...।" कहकर कमर ने शहजादे के कान में न जाने क्या कहा!

सुनते ही परवेज उछल पड़ा। बोला—"यह बात है, तुमने खूब सोची। यह ठीक होगा।"

* * *

शहर के बाहर एक प्रशस्त मैदान में सुलतान का शिविर लगा हुआ है।

शिविर में एक पलंग पर बैठे हुए सुलतान, बूढ़े वजीर से कह रहे हैं—"तुमने नाहक ही सब किया। मेरा लौट आना क्या इतनी खुशी की बात है कि सल्तनत-भर में जलसे मनाने की तैयारी की जाए? मैं तो दुनियादारी से ऊब कर कुछ दिनों के लिए जंगलों की खाक छानता रहा। जब दिल को राहत मिली तो, फिर आ गया—यह कोई नई बात नहीं!"

"मगर आप रहे कहां इतने दिनों तक?"

"डाकुओं के गिरोह में रहा, लेकिन वहां से निकाल दिया गया। कुछ दिनों तक इधर-उधर भटकता रहा! मेरे दिल में औरतों से और दुनियादारी से जो नफरत हो गई थी, वह जाती रही और दिल को राहत मिल गई तो मैंने सोचा, इधर-उधर भटककर, रियाया की बेहतरी में अपनी जिंदगी गुजार दूं। मैंने आपको खबर दी। आप मेरे पास आये, परंतु इतनी टीम-टाम की क्या जरूरत थी?" सुलतान ने कहा।

"जरूरत...?" वृद्ध वजीर की मुखाकृति पर मुस्कराहट की रेखा दौड़ गयी—"जरूरत क्यों नहीं थी, आलीजाह! भला जिसके लौटने की हम दिन-रात बेसब्री से उम्मीद करते, जिसके न रहने से फूली-फली सल्तनत, एकदम उजाड़ रहती आयी, उसके आने से हमारे दिल में खुशी न हासिल हो!...मगर जहांपनाह, इस खुशी में भी गम है आसार नजर आ रहे है।।"

"तुम्हारा मतलब?"

"मतलब मेरा यह है जहांपनाह, मुझे माफ करें, कि आपकी जान लेने की कोशिश की जा रही है। मेरे जासूस ने पता लगाया है कि जब आपकी सवारी शहर से गुजरने लगेगी। उसी वक्त कोई बेजा हरकत करके आपकी जान लेने की कोशिश की जायेगी। शहंशाह की जान को खतरा है। इस काम में किसका हाथ है, यह मुझे मालूम नहीं हो सका है, मगर जरूर इसमें कोई बड़ा आदमी शामिल है।"

60

"यह बात है? तब तो जुलूस निकलना मुश्किल है। अगर तुम कहो तो मैं चुपके से महल तक चला चलूं सवारी नहीं निकलेगी, इसकी मुनादी करवा दी जाये।"

"नहीं, शहंशाह हुजूर! सवारी निकलेगी और जरूर निकलेगी। बुड्ढे वजीर के रहते हुए किसकी मजाल है कि वह आपका बाल भी बांका कर सके। आप देखियेगा कि किस खूबी के साथ आपके दुश्मनों को शिकस्त देता हूं। वे भी वाह-वाह कर उठेंगे आलीजाह!"—वजीर ने कहा।

* * *

प्रजा ने शहर को सजाने में कोई कमी न रखी। सारा शहर स्वर्गवत् जगमगाने लगा। अपने बिछड़े हुए सुलतान का आगमन सुनकर सारी प्रजा हर्षोत्फुल हो उठी थी।

योजनानुसार निश्चित दिन को सुलतान की सवारी निकली। सल्तनत के सभी बड़े-बड़े नागरिक और पदाधिकारी जुलूस में सम्मिलित थे।

कई प्रकार के वाद्य यन्त्र आगे-आगे बज रहे थे। उसके बाद सैनिक घोड़ों पर सवार नंगी तलवारें लिए चल रहे थे।

जुलूस के ठीक मध्य भाग में, सुलतान एक विशाल हाथी पर विराजमान थे। उनके गले में पड़े बड़े-बड़े फूलों के गजरों ने उनके चेहरे का काफी हिस्सा ढक लिया था। सुलतान ने उन गजरों को अपने गले से निकालकर रख देना उचित नहीं समझा। भला प्रजा की दी हुई भेंट का अपमान वे किस तरह कर सकते थे।

जुलूस में शहजादा परवेज, सुलतान के पीछे वाले हाथी पर सवार था और वजीर शहजादे के पीछे वाले हाथी पर।

शहजादे का दोस्त कमर भी शहजादे के बगल में बैठा हुआ जुलूस की बहार देख रहा था। कभी-कभी सौन्दर्ययुक्त उनकी मुखाकृति पर मुस्कराहट की एक अस्फुट रेखा खिंच उठती थी।

आज कमर और शहजादा परवेज दोनों प्रसन्न थे, क्योंकि आज उन्होंने सुलतान की जान लेने का पूरा प्रबन्ध किया था और उन्हें आशा थी कि एक घंटे के अंदर ही सुलतान इस संसार से चल बसेंगे।

धीरे-धीरे बढ़ता हुआ जुलूस उस जगह पर पहुंचा, जहां गगनचुम्बी अट्टालिकाओं से आवृत एक छोटी-सी मस्जिद पड़ती थी और उसके पीछे सघन वृक्षों का एक वृहदाकार मनोरम उद्यान था।

धांय! धांय! धांय!

एकाएक तीन बार गोली छूटने का शब्द हुआ। साथ ही शाही हाथी पर जोरों की चीख सुनाई पड़ीं और लोगों ने हैरत के साथ देखा कि सुलतान का सिर दाहिनी ओर लटक गया है।

सारे जुलूस में कोलाहल मच गया। वजीर घबरा उठा।

61

परंतु परवेज और कमर बाह्यरूप से दुखी होते हुए भी भीतर से प्रसन्न थे। उनके सिपाहियों ने अपना काम पूरा कर दिया था और इस समय मृत शहंशाह शाही हाथी पर पड़े हुए थे।

रंग में भंग हो गया था।

परवेज घबराई-सी सूरत बनाए वजीर के पास आया और रोता हुआ बोला—"यह क्या...यह क्या हो गया वजीर?"

"शहजादे साहब...!" वजीर भी रो पड़ा—"खुदा की मरजी!"

सारे शहर में एक विचित्र प्रकार की उदासीनता छा गई। अभी तक जो शहर प्रसन्नता और नाना प्रकार के विनोद में विभोर हो रहा था, वह थोड़ी ही देर में श्मशानवत् मालूम पड़ने लगा।

परवेज रोता हुआ चेहरा और हंसता हुआ दिल लेकर महल को रवाना हुआ। कमर भी उसके साथ था। दोनों की अभिलाषाएं आज मुद्दत के बाद पूरी हुई थीं।

ज्योंहि परवेज महल के पास पहुंचा, उसने देखा महल में पूर्ववत् आनन्दोत्सव मनाया जा रहा है। वाद्ययन्त्र इस मस्ती के साथ बजाये जा रहे हैं मानो कुछ हुआ ही न हो।

परवेज को आश्चर्य हुआ। वह बोला—"हैं, यह कैसी बात? गम के वक्त खुशी के आसार!"

न जाने क्यों परवेज और कमर का हृदय धड़कने लगा! अभी तक जो हृदय हंस रहा था, वह रो उठा।

या खुदा! यह कैसा गड़बड़ घोटाला?

स्पन्दित हृदय से दोनों महल में घुसे। घुसते ही उन्होंने जो कुछ देखा, उससे उनका मस्तिष्क घूम गया।

उन्होंने देखा कि महल के द्वार पर स्वयं सुलतान खड़े उनकी ओर देख रहे हैं।

परवेज घबरा गया। कमर भी आश्चर्य से चीख उठा—"यह क्या है? उसकी आंखों का कसूर है या खुदा का कहर!"

"आओ शहजादे!" सुलतान ने पुकारा परवेज को।

परवेज उनके पैरों पर गिर पड़ा। सुलतान ने उसे उठाकर हृदय से लगा लिया। एक बाप के दो बेटे, एक रक्त बिन्दु के दो हिस्से, एक आकृति के दो स्वरूप मिलकर एकाकार हो गए।

लेकिन दोनों हिस्सों में, दोनों स्वरूपों में जमीन-आसमान का अंतर था। उनमें एक था स्वतंत्र हृदय का महान् पुरुष और दूसरा था कलुषित हृदय का एक पतित पुरुष।

"भाईजान!"

"शहजादे! तुम्हें ताज्जुब हो रहा होगा...और है भी ताज्जुब की बात! मगर यह सब वजीर की कारगुजारी है। उसे पहले से ही पता लग चुका था कि मेरी जान लेने की पोशीदा तौर से कोशिश हो रही है। इसलिए उसने यह सब किया। शाही हाथी पर जो शख्स सवार था, वह मैं नहीं था। मैं तो जुलूस उठने के पहले ही यहां आ पहुंचा था।"

“शुक्र है खुदा का, भाईजान! मैं तो रंजोगम से मुर्दा हुआ जा रहा था।” परवेज ने कहा।

“ये तुम्हारे दोस्त हैं क्या?” सुलतान ने कमर की ओर इशारा करके पूछा।

“जी हां, भाईजान! यह मेरे दोस्त हैं।” परवेज ने कहा।

कमर ने सुलतान को झुककर अभिवादन किया। सुलतान स्थिर दृष्टि से कमर की मुखाकृति को देख रहे थे। कदाचित् उसकी मुखाकृति उसके किसी परिचित से मिलती-जुलती थी।

“मगर...।” सुलतान कोई बात कहते-कहते न जाने क्यों रुक गये।

“अभी इनसे मेरी नई-नई दोस्ती हुई है।” परवेज ने सुलतान की मन शंका दूर करने का प्रयत्न किया।

“मगर इस साजिश का पता अभी तक न चल सका कि किस शख्स ने इस तरह मुझे इस दुनिया से उठा देने की कोशिश की थी। वाकई उसकी हिम्मत काबिले-तारीफ है।” सुलतान बोले।

“जी हां! मैं जी-जान से गुनहगार को खोजने की कोशिश करूंगा।” परवेज ने कहा।

* * *

“सब कुछ उलट-फेर हो गया।” कमर ने हाथ मलते हुए कहा—“जो सोचा था, वह न हुआ। हमारी सारी कोशिशें नाकामयाब हो गईं, हमारी सारी उम्मीदें मिट्टी में मिल गईं—हुआ नहीं तो सिर्फ यही कि हमारा राज-फाश नहीं हुआ। अभी तक यह कोई नहीं जान सका कि इस खौफनाक साजिश के पीछे कमर और शहजादे का हाथ है।”

“सचमुच दोस्त! हमारे सारे अरमान खाक में मिला दिये गये। हमें ऐसी शिकस्त दी गई है कि ताजिन्दगी याद रहेगी। यह ख्वाब में भी मुझे उम्मीद न थी कि सुलतान इस तरह बाल-बाल बच जायेंगे, मगर यह वजीर भी कितना आफत का परकाला है। उसका दिमाग न जाने किस चीज का बना है। है भी इतना बुलंद दिमाग कि उड़ती चिड़िया का पर पहचान लेता है।” परवेज ने कहा।

“वजीर सचमुच वजीर ही है। यह मेरे रास्ते का कांटा हो रहा है। खैर, देखूंगा कि कब तक सह सुलतान की खैरियत महफूज रख सकता है। शहजादे, तुम घबराओ नहीं। सुलतान आज बचे, कल बचे—कितने दिनों तक बचेंगे। कभी तो हाथ में आयेंगे।” कमर ने कहा।

“अब तो कुछ दिनों के लिए इस प्रकार की हरकतें बन्द ही रखो और देखो कि भाईजान किस तरह रहते हैं और क्या करते हैं?”

“हां! आज मैंने एक अच्छा-सा गुलाम खरीदा है।”

“गुलाम! गुलाम तो इतने सारे थे, फिर क्यों खरीद लिया?”

63

“मुझे वह बहुत पसंद आया। कहो तो बुलाएं। किसी भले घर का है। मालूम होता है कि गुलाम और बांदियां बेचने वाले डाकुओं ने उसे पकड़कर बेच दिया है।” परवेज ने कहा।

कमर ने पूछा—“नाम क्या है उसका?”

“उसने अपना नाम जहूर बताया है। कहता है कि वह अपने कबीले के सरदार का लड़का था। एक लड़की की मुहब्बत में पड़कर वह उसे ले भागा, मगर जंगल के डाकुओं ने उसे पकड़ लिया और साथ ही उस लड़की को भी। पकड़े जाने के बाद वह लाकर बेच दिया गया।”

“किस्सा तो काफी दिलचस्प है।” कमर ने कहा।

“वह देखो आ रहा है।”

परवेज के कहने से कमर ने दरवाजे की ओर दृष्टि घुमाई और देखकर बोला—“हां, छोकरा तो अक्लमंद दिखाई पड़ता है। ठीक है, यहां तो आ छोकरे! हां, खड़ा हो जा सीधे...तू गमगीन न बन, इसे अपना ही घर समझ। रोता क्यों है? भूल जा बीती बातों को।”

सच पूछिये तो सौन्दर्य-गरिमा गांव में ही देखने को मिलती है। देखिये न! जंगल के छोर पर बसा हुआ गांव और उस गांव के किनारे बना एक कच्चा-सा मकान! क्या भला लग रहा है।

और जरा उस सुन्दरी पर भी दृष्टिपात कीजिए, जो घर के द्वार पर खड़ी होकर सामने की ओर देख रही है।

और क्या देख रही है, कुछ समझा आपने? नहीं, अच्छा जरा गौर से देखिये, अभी-अभी एक नवयुवक अश्वारोही जंगल से निकला है और गांव की ओर घोड़ा दौड़ाता जा रहा है।

सुन्दरी की दृष्टि उसी अश्वारोही पर केंद्रित है। अश्वारोही के वस्त्रादि राजकीय ढंग के हैं। यदि आप ध्यानपूर्वक देखें तो तुरंत पहचान जायेंगे कि यह दूसरा कोई नहीं, शहजादा परवेज है, जो प्रातःकाल ही आखेट के लिए निकला था और भटकता-भटकता इधर आ निकला है।

शहजादा गांव में घुसा और उस घर के पास आकर घोड़े से उतर पड़ा। उसके ललाट पर पसीने की बूंदों की राशि, थकावट और व्याकुलता की द्योतक है।

सुन्दरी को देखकर शहजादे ने कहा—“मैं शहजादा हूं, शिकार खेलते-खेलते राह भूलकर इधर आ निकला हूं। यहां कुछ देर तक आराम कर थोड़ा पानी पीना चाहता हूं।”

“आइये!” सुन्दरी ने मधुर स्वर में कहा और शहजादे को अंदर आने का संकेत किया।

शहजादा मकान के अंदर चला गया। सुन्दरी उसके बैठने के लिए मामूली-सी चारपाई डालकर बोली—“हम गरीबों के घर यही पलंग का काम देती है, शहजादे साहब!”

“बहुत पसंद आई मुझे यह चारपाई!” शहजादा चारपाई पर बैठता हुआ बोला।

सुन्दरी पानी लेने दूसरी कोठरी में चली गई।

शहजादा सोचने लगा—“यह जन्नत की हूर, इस मकान में अकेले ही रहती है क्या? कोई दूसरा तो दिखाई पड़ता नहीं ....इसकी सूरत कितनी प्यारी और कितनी आकर्षक है?”

इतने में सुन्दरी एक तशतरी में कुछ ताड़ का गुड़ और एक गिलास पानी लेकर आ पहुंची। मुस्कराते हुए उसने तशतरी और गिलास शहजादे के पास रख दिया। उसकी मुस्कराहट शहजादे को बहुत भली लगी। बोला—“तुम क्यों इतनी तकलीफ उठा रही हो, नाजनी?”

“घर आये मेहमान की खातिरदारी करना हमारा फर्ज है, शहजादे हुजूर!” इतना कहकर सुंदरी की मुस्कराहट ने थोड़ा रंग पकड़ा।

उसकी इस मुस्कराहट ने शहजादे को इतना अधीर बना दिया कि वह अपने हृदय को संयत न रख सका। वह आवेश में आकर उठ खड़ा हुआ और उसे बाहुपाश में कस लेने के लिए आगे बढ़ा।

परंतु जब सुन्दरी शहजादे की कलुषित भावना से अवगत हुई तो उसने कर्कश स्वर में उसे दूर रहने की हिदायत दी।

परंतु शहजादे पर तो कामवासना का भूत सवार था, वह कब मानने वाला था। उसने आगे बढ़कर सुन्दरी का हाथ पकड़ लिया।

उसी समय द्वार खुला और एक तीस वर्षीय नवयुवक वहां खड़ा दिखाई पड़ा।

"फातिमा!" नवयुवक ने पुकारा।

"मुझे बचाओ भाईजान!" सुन्दरी ने नवयुवक से कहा।

नवयुवक उसका सगा भाई था। वह आकर शहजादे के सामने खड़ा हो गया। उसके कांपते हुए होंठों से निकला—"अकेली औरत पाकर उसकी अस्मत पर डाका डालते तुम्हें शर्म नहीं आई?"

नवयुवक क्रोध से आगबबूला हो उठा। बिना कुछ कहे-सुने उस पर टूट पड़ा। शहजादे ने उसे रोकने के लिए अपनी तलवार की नोक उसके सामने कर दी। तलवार की नोक सामने देख उस नवयुवक ने अपने को संभालना चाहा, परंतु वह इतनी तेजी से आया कि सम्हल न सका।

दूसरे ही क्षण शहजादे की तलीवार उस निरपराध नवयुवक की छाती में घुस गई। करुण चीत्कार के साथ वह पृथ्वी पर गिर पड़ा।

शहजादे का विचार उस युवक को घायल करने का न था, मगर करता क्या? वह तो स्वयं ही उसकी ओर झपट पड़ा था।

शहजादा तुरंत मकान से बाहर निकल आया और अपने घोड़े पर चढ़कर महल की ओर रवाना हो गया। सुन्दरी फातिमा अपने भाई की अवस्था देखकर मूच्छिंत हो जमीन पर गिर पड़ीं।

* * *

सुलतान सल्तनत का काम देखने लगे, मगर उसकी याद उनके दिल से न गई। जब कभी उसकी बाद आ जाती, उनका हृदय अधीर हो उठता था, कभी-कभी तो वे करवट लेते-लेते सुबह कर देते थे।

रात्रि के समय सुलतान पलंग पर उदास बैठे हुए थे। मेहर की याद ने उन्हें व्याकुल बना रखा था। वे नाना प्रकार के विचारों में बह रहे थे कि सहसा द्वार पर किसी का स्वर सुनकर, उन्होंने उधर देखा।

चौंक पड़े थे। बोले—"अजूरी, तुम!"

द्वार पर सचमुच अजूरी ही खड़ी थी। उसके हाथों में मदिरा का प्याला था। वह धीरे-धीरे आगे बढ़ आई।

सुलतान ने पूछा—"तुम कब आई अजूरी?"

66

"आज ही आई हूं, जहांपनाह! ज्योंही आपका आना सुना, आपको शरबते-अनार पिलाने के लिए दिल बेताब हो गया।"

"अच्छा किया तुमने...।" सुलतान बोले। हाथ बढ़ाकर उन्होंने प्याला ले लिया—"मेरी दिलचस्पी के लिए तुम्हारा होना जरूरी भी था।"

सुलतान ने आज बहुत दिनों के बाद मदिरा पी थी। कई प्याले खाली हो गये। धीरे-धीरे उनके मस्तिष्क पर मदिरा ने प्रभाव डालना आरम्भ कर दिया।

वे बोले—"आओ अजूरी!" उन्होंने अजूरी को अपने पास खींच लिया—"बादशाहों की जिंदगी भी एक अजीज जिन्दगी है। दिन-रात शराब और औरतों में डूबे रहने पर भी उनका दिल जो चाहता है वह नहीं मिलता।"

"ठीक फरमा रहे हैं, आलीजाह!" ...अजूरी ने कहा।

सुलतान बहक रहे थे—"दिल की हालत पूछ रही हो न?...दिल में तो इतनी जलन है मानो आग लगी है। ताज्जुब करती हो?...नहीं अजूरी मैं सच कहता हूं। यों तो दुनिया के हर एक आदमी के दिल में जलन होती है। किसी के दिल में जलन है दौलत के लिए, किसी के जिगर में जलन है इज्जते-इशरत पाने के लिए, किसी के दिलों-दिमाग में है अपने दिलबर की मुहब्बत पाने के लिए यह सभी तो जलन हो है! गरज यह कि दुनिया का कोई भी शख्स 'जलन' से बचा नहीं है...मेरे जिगर में भी जलन है। मेरा दिल पहले से अब ज्यादा परेशान है। सब कुछ है, मगर मेरा दिल यहां से बहुत दूर है—वहां! मेहर के पास है।"

"मेहर के पास?" --अजूरी ताज्जुब से बोली।

"तब क्या समझ रही है, हो कि मैं सिर्फ तुम्हें ही चाहता हूं। तुम तो तितली हो। मेरे पास सिर्फ अपनी जवानी लुटाने के लिए आयी हो, मुहब्बत करने के लिए नहीं। मुहब्बत करने की शक्ल दूसरी होती है, अजूरी तुम्हारे चेहरे की तरह उसमें बेशर्मी नहीं रहती, तुम्हारी तरह बेदर्द होकर वह मेरे सामने नहीं खड़ी हो सकती...और एक...एक प्याला और दो...ऐं! तुम्हारा मुंह उदास हो गया है?...और यह क्या? आंसू? वल्लाह! यह भी कोई बात थी जो आंसू निकल आये...अच्छा! यह लो।" और सुलतान ने अजूरी के अधरोष्ठ पर चुम्बन की एक हल्की-सी मुहर लगा दी।

* * *

दरबारे-आम लगा था। अमीर-उमराव सभी अपने स्थान पर बैठे थे।

उसी वक्त प्रहरी ने आकर सुलतान को झुककर अभिवादन करते हुए कहा— "आलीजाह! कुछ गांव वाले एक औरत के साथ इन्साफ के लिए दरे-दौलत पर हाजिर हैं और शहंशाह की कदमबोसी की आरजू रखते हैं।"

"इजाजत है...।" शहंशाह ने कहा। प्रहरी चला गया।

थोड़ी ही देर बाद दरबार में, कुछ गांव वालों ने एक औरत के साथ प्रवेश किया। उनमें से चार आदमी एक शव को उठाये हुए थे। उस औरत को देखते ही शहजादा परवेज सिर से पैर तक कांप उठा। वह औरत दूसरी कोई नहीं—फातिमा थी।

"क्या है?" शहंशाह ने पूछा—"क्या चाहते हो?"

"यह यतीम लड़की इंसाफ चाहती है, गरीबपरवर!" एक ने कोर्निश कर रहा।

"वजीरे-आजम! दरियाफ्त करो इस लड़की से कि यह किस बात की फरियाद लेकर आई है?" सुलतान ने हुक्म दिया।

वजीर के कुछ पूछने से पहले ही गांव वालों ने वह शव लाकर सुलतान के आगे लिटा दिया। एक ने हाथ बढ़ाकर शव का ढंका मुंह खोल दिया।

उसका मुंह देखते ही शहजादे की उल्टी सांसें चलने लगीं।

"या खुदा! अब क्या होगा? इसका खून करने के जुर्म में सजाये-मौत?" मन-ही-मन परवेज बड़बड़ा उठा।

"यह क्या? लाश!" सुलतान बोले—"किसकी लाश है यह?"

"गरीब परवर! यह है इस गरीब लड़की के भाई की लाश। आपकी सल्तनत में ऐसा जुल्म, ऐसा अंधेर कभी नहीं हुआ। या खुदा!"

वह लड़की रोती हुई बोली—"आलीजाह! जहांपनाह! मैं अपने बेगुनाह भाई का इंसाफ कराने आई हूं। इस दुनिया में मेरा अपना कहने के लिए सिर्फ यही मेरा भाई था—वह भी आपके महल के एक शख्स के हाथों मौत का शिकार हुआ! या अल्लाह! मैं कहीं की न रही।"

"बात साफ-साफ करो। मेरे महल के किस आदमी ने तुम्हारे भाई की जान ली है— किसने तुम्हारी दुनिया उजाड़ी है? बोलो! मैं कुरान और खुदाये पाक की कसम खाकर कहता हूं कि तुम्हारा पूरा-पूरा इंसाफ करूंगा। तुमने सुना है न? सुलतान काशगर का इंसाफ है, खून का बदला खून—जान का बदला जान। बोलो, कौन है वह शख्स, जिसने इंसाफ की धधकती भट्टी में अपने आपको झोंकने की कोशिश की है...?"

और उनकी दृष्टि दरबार में उपस्थित लोगों में इतस्ततः घूमने लगी, कदाचित् यह पता लगाने के लिए कि कौन अपराधी है? आज तक सुलतान की आंखों ने कभी धोखा नहीं खाया था। अपराधी की सूरत देखते ही पहचान जानते थे।

"उस शख्स का नाम लेते हुए जमीन फट जाएगी, आलमपनाह वह यहीं पर मौजूद है...।" फातिमा ने सिसकियों लेते हुए कहा।

"यहीं मौजूद है?" शहंशाह ने पूछा।

उनकी दृष्टि अभी तक एक-एक दरबारी को आकृति पर गौर से पड़ रही थी।

एकाएक उसकी दृष्टि शहजादे पर आकर रुक गई। शहजादा कांप उठा, साथ ही सुलतान भी। तो क्या शहजादा ही—उसका भाई ही, मुजरिम है। या खुदा! यह कैसा कहर? अपने सगे भाई को, जिसे वे अपनी जान से भी बढ़कर चाहते हैं किस तरह सजाये मौत दे सकेंगे?

शहंशाह पर मूर्छा-सी आ गई, मगर उनकी मूच्छर्ा को किसी ने भी लक्ष्य नहीं किया, क्योंकि सुलतान ने अपने हृदय में उठते हुए तूफान का क्षणमात्र में शमन कर लिया था।

"तुम...! तुम...! शहजादे खड़े हो जाओ..." सुलतान ने कठोर स्वर में कहा।

यद्यपि उनका हृदय जल रहा था, तथापि इस समय उनके सामने न्याय की दीवार खड़ी थी, जिसे लांघकर निकल जाना कठिन था। सारे दरबार में सन्नाटा छा गया। शहजादा आपादमस्तक कांपता हुआ उठ खड़ा हुआ, रह-रहकर उनका मस्तिष्क घूम रहा था, शरीर का रक्त जैसे शरीर से विदा हो रहा था।

"तुमने खून किया है, शहजादे!" सुलतान के स्वर में कम्पन था और आंखों में क्रोध— "मेरे भाई होकर, रियाया पर जुल्म करने की हिम्मत कैसे की तुमने? अपनी रियाया पर गजब ढाते वक्त तुमने मेरे इन्साफ की याद क्यों नहीं की?"

"भाईजान!"

"भाईजान न कहो। इस नापाक मुंह से ये पाक अल्फाज न निकालो...।" सुलतान का इशारा पाकर चार सिपाहियों ने शहजादे के हाथ में हथकड़ी भर दी—"जाओ! कल इसका फैसला होगा।"

सिपाही शहजादे को लेकर चले गए। सुलतान ने हृदय को पत्थर बनाकर देखा और सुना। अपने हृदय को, अपने रक्तमांस को, न्याय की वेदी पर चढ़ते देखकर उनका हृदय हाहाकार करने लगा। सचमुच सुलतान शहजादे को बहुत चाहते थे—अपनी जान से भी अधिक।

परंतु परवेज! परवेज तो जैसे बुद्धि-शून्य हो गया था।

"या परवरदिगार!"कहते हुए सुलतान मूच्छिर्त होकर सिंहासन पर लुढ़क गये। सारे दरबार में हाहाकार मच गया। वजीर घबड़ाया हुआ सिंहासन की ओर दौड़ा।

* * *

"या परबरदिगार! या खुदा! रहम कर और अपने इन ताबेदार को इंसाफ करने की ताकत दे...।" अपने विलास भवन में पलंग पर पड़े हुए वे छटपटा रहे थे।

अजूरी वहां मौजूद थी।

"क्या करूं? परवेज! यह तूने क्या किया? तुझे अपने पर रहम न आया, अपनी रियाया पर रहम न आया, तो क्या तुझे अपने बेबस भाई पर भी रहम न आया? जरा-सी देर के लिए तूने यह नहीं सोचा कि कौन-सा दिल लेकर मेरा भाई इंसाफ करेगा?...उफ! जलन!...कलेजा जला जा रहा है, नाहक ही मैं लौटकर यहां आया। अजूरी चली जाओ, मेरे साथ तुम भी पागल न

69

बनो। मैं पागल हो जाऊंगा...इंसाफ! इंसाफ!...गला घोंट दो मेरा! कल अपने भाई को सजाये-मौत देने के पहले ही मैं मर जाना चाहता हूं। हाय परवेज! यह तूने क्या किया? क्यों मेरे जिगर में क्यामत की आग धधका दी?”

“अदने आदमी न बनिये, आका!” अजूरी ने सुलतान के कंधे पर अपना हाथ रख दिया—“इन्सान को खुदा ने बरदाश्त करने की ताकत बख्शी है।”

“ठीक कहती हो तुम...बरदाश्त करना ही होगा!”

दूसरे दिन—

दरबार लगा। अपराधी और गणमान्य दर्शक उपस्थित हुए। सभी की मुखाकृति पर जैसे मलीनता छाई हुई थी। तभी अधीरता से शहंशाह के आने की राह देख रहे थे और कान आतुर हो रहे थे उन शब्दों को सुनने के लिए, जिन पर अभागे शहजादे का दण्ड और छुटकारा निर्भर था।

एक घंटा बीता, दूसरा भी बीता और तीसरा भी बीतने को आया, फिर भी सुलतान दरबार में नहीं आये।

वजीर घबराने लगा। वह दरबार से उठकर महल में आया तो पता लगा सुलतान विलास भवन से बाहर नहीं निकले हैं।

वजीर बेहद घबरा गया। वह दौड़ा-दौड़ा सुलतान के विलास भवन में आया। देखा—सुलतान एक खम्भे के सहारे खड़े हैं। आंखें बंद हैं, गालों पर आंसुओं की बूंदें झलक रही हैं।

पग-ध्वनि सुनकर सुलतान ने अपनी आंखें खोलीं—“वजीर!”

“शहंशाह! दिल को सम्भालिए, आलीजाह!”

“कैसे सम्भालूं दिल को वजीर!” शहंशाह रो पड़े।

“चार घंटे दिन चढ़ आया है, जहांपनाह! दरबार लग चुका है। आज ही फैसला देना है।”

“फैसला...अपने भाई की जिंदगी का फैसला।मैं मर क्यों न गया। या खुदा। क्या करूं मैं? मगर इंसाफ तो देना ही पड़ेगा वजीर!...मैं मर जाऊंगा, अपनी जान दे दूंगा, मगर इंसाफ पूरा-पूरा करूंगा। शाही इंसाफ में धब्बा न लगने दूंगा, चलो।”

सुलतान ने ज्योंही दरबार में प्रवेश किया, कानाफूसी बन्द हो गईं और चारों ओर मौत का-सा सन्नाटा छा गया।

सुलतान आकर सिंहासन पर बैठ गये। रात-भर में ही उनके चेहरे की सारी रौनक काफूर हो गई थी। उनके बाल बिखरे हुए थे। मुखाकृति पीतवर्ण धारण किये थी।

एक बार उन्होंने अपनी उड़ती हुई दृष्टि दरबार पर डाली, फिर वजीर से बोले—“मुकदमे की कार्यवाही ही शुरू हो।”

मुकदमा शुरू हुआ। अपराधी और उनके गवाहों के बयान हुए। शहंशाह चुपचाप सुनते रहे।

वजीर सदा की भांति मुकदमे की कार्यवाही करता गया। सब कुछ समाप्त हो जाने पर वजीर ने आश्चर्य की मुद्रा में सुलतान की ओर देखा।

“खून का बदला खून और जान का बदला जान, यही शाही इंसाफ है...।” सुलतान ने दृढ़ स्वर में कहा।

उनकी आवाज स्थिर थी—“मुकदमे के सब पहलुओं पर मैंने

किया है और इस नतीजे पर पहुंचा हूं कि शहजादा बेशक गुनहगार है। फरियादी के हाथ में तलवार दी जाये।”

“तलवार!...” सारा दरबार कांप उठा।

तलवार दी जाये फातिमा के हाथ में? आखिर इस हुक्म से शहंशाह का मतलब क्या है?

मगर किसकी हिम्मत थी सुलतान के हुक्म में दखल देने की। वजीर भी आश्चर्यचकित-सा खड़ा था। सब चुप थे—“परंतु हृदय में खलबली मची हुई थी।

फातिमा के हाथ में तलवार दी गई। उसने कांपते हुए हाथों से तलवार सम्भाली। वह डर से थर-थर कांप रही थी व सोच रही थी—‘या खुदा! क्या इस तलवार से मुझे परवेज का खून करना पड़ेगा।’

शहंशाह उठ खड़े हुए और फातिमा से चार गज की दूरी पर आकर खड़े हो गये। उनके मुख से गम्भीर आवाज निकली—“फातिमा! बहुत गौर करने पर मैं इस नतीजे पर पहुंचा हूं कि वाकई तुम्हारे साथ बेहद जुल्म हुआ है।”

सारा दरबार सांस रोककर सुन रहा था—

“परवेज ने तेरे भाई का खून किया है। सुलतान काशगर उसके लिए फांसी की सजा तजवीज करते हैं। और इधर देख, मैंने सुलतान काशगर की हैसियत से तेरा इंसाफ किया है, मगर अब एक बेबस इंसाफ की हैसियत से तेरे सामने खड़ा हूं। तेरे हाथ में तलवार है, उसे मेरे कलेजे में रख दे, ताकि भाई की मौत देखने के पहले ही मैं इस दुनिया से कूच कर जाऊं और तेरा इन्तकाम भी पूरा हो जाए। परवेज ने तेरे भाई को मार डाला है, उसे तो फांसी की सजा होगी ही, मगर इतने पर भी शायद तेरे दिल की जलन न जाएगी। इसलिए मैं तुझे हुक्म देता हूं कि तू भी परवेज के भाई का खून कर डाल। दोनों का भला होगा! तेरे दिल की जलन मिटेगी और मैं भी भाई की मौत अपनी आंखों से न देख सकूंगा। मैं इन्सान हूं, फातिमा! सुलतान बनकर मैंने इंसाफ किया, अब इन्सान बनकर तुमसे भीख मांगता हूं कि अपने हाथ की तलवार से मेरा सीना चाक कर दे।”

“या खुदा!” बुड्ढा वजीर गिरते-गिरते बचा।

“शहंशाह...!” सारा दरबार चिल्ला उठा।

फातिमा के कांपते हुए हाथों से तलवार छूटकर जमीन पर गिर पड़ीं।

शहंशाह गरज उठे—‘‘बुज़दिल न बन! उठा ले तलवार! अपने भाई के खून का इंतकाम ले। परवेज ने तेरे भाई को मारा है, मैं उसका भाई—तेरे सामने खड़ा हूं—उठा तलवार, रख दे मेरे सीने में ताकि तेरा इन्तकाम पूरा हो जाये। कांपती क्यों है?...उठा ले तलवार! शाही हुक्मउदूली न कर चल, जल्दी कर...।’’

फातिमा ने तलवार उठाकर अपने हाथ में ले ली। सारा दरबार उठकर एकाएक खड़ा हो गया और चिल्ला पड़ा—‘‘शहंशाह! यह कैसा कहर?’’

‘‘भाईजान!’’ बंदी अवस्था में खड़ा परवेज चिल्ला उठा।

इस समय सभी की आंखें डबडबा आई थीं।

‘‘उफ्फ् ऐसा नेकदिल इन्सान! मरहबा! मरहबा! भाई हो तो ऐसा! शहंशाह हो तो ऐसा! इन्साफ हो तो ऐसा! जाफरी! सद जाफरी!’’

उपस्थित दरबारियों के मुंह सोये ये अल्फाज निकलकर उदासीन वातावरण में विलीन हो गये।

‘‘हम अपनी फरियाद वापस लेते हैं!’’ गांव वाले चिल्ला पड़े—‘‘हम इंसाफ नहीं चाहते! ऐसा इंसाफ हम नहीं चाहते। हम कुछ नहीं चाहते।’’

‘‘शहंशाह, अपने लिए नहीं, मेरे लिए नहीं, अपनी बेकस रियाया के लिए नहीं—तो कम-से-कम इंसाफ के लिए जिंदा रहिये। आपके न रहने पर ऐसा पाक इंसाफ कौन दे सकेगा, शहंशाह!’’ बूढ़ा वजीर बोला।

‘‘जहांपनाह!’’ फातिमा ने कहा—‘‘मैं आपकी जान ले चुकी। मेरा इंसाफ पूरा हो गया। शहजादा परवेज को मैंने माफ किया। अब अपनी जान, मेरी ओर से सल्तनत के लिए महफूज रहने दीजिये।’’

‘‘तुम छूटकर आ गये दोस्त?’’ कमर ने कहा।

‘‘हां, आ गया!’’ शहजादा परवेज बोला—‘‘यह भाईजान की ही इनायत है, नहीं तो मैं कब का मौत का शिकार हो गया होता...जानते हो! भाईजान ने मेरे साथ अपनी जान भी देनी चाही थी—ऐसे पाक फरिश्ता हैं वे।’’

‘‘इंसाफ तो खूब हुआ कि सुलतान की भी जान बच गईं और तुम्हारी भी।’’ कहकर कमर ने अट्टहास किया।

‘‘हंसते हो...! खुलकर हंस लो, परंतु अब मेरी आंखें खुल गईं हैं। तुम मुझे बादशाह बनाने का ख्वाब दिखाते आ रहे थे, मगर मैं समझ गया कि बादशाह बनने की कुछ भी काबिलियत मुझमें नहीं हैं। ऐसा इंसाफ भला मैं कभी कर सकता था? तुम आज से मुझे भाईजान के खिलाफ कोई भी काम करने के लिए न कहना। एक नेक दिल इन्सान के साथ बगावत करने से खुदा का कहर टूट पड़ेगा। अपनी दोस्ती तुम अपने पास रखो।’’ परवेज ने स्पष्ट कह दिया।

"शहजादे साहब! तुम भी पूरे बेवकूफ निकले। काम को अधूरे में छोड़ देना तो तुम्हारी खास आदत है। सुनो, आजकल सुलतान अपनी जान से आजिज आ गये हैं, इसलिए तुम्हारे साथ ही वे अपनी भी जान देना चाहते थे—और तुमने उसका उल्टा ही मतलब निकाल लिया। तुमने समझा कि सुलतान तुम्हें इतना प्यार करते हैं कि तुम्हारे साथ ही अपनी जान देने को तैयार हो गये। वल्लाह! खूब है दिमाग तुम्हारा! इसी दिमाग को लेकर मेरा सथ दोगे...खैर, अपनी गलती दुरुस्त कर लो। यह लो, जरा-सा शरबते-अनार.।"

कहकर कमर ने शहजादे के होंठों से प्याला लगा दिया। शराब का दौर-दौरा शुरू हो गया।

जब शहजादे पर शराब का पूरा असर हो चुका, तो कमर ने उठकर भीतर से दरवाजा बन्द कर लिया।

बारह

शहर काशगर में एक पक्की सराय थी, जहां भिन्न-भिन्न देशों के आये हुए व्यापारी उतरा करते थे। प्रायः दास और दासियों के विक्रय करने वाले व्यापारी ही वहां अधिक आते थे।

इस समय वहां वैसा ही एक व्यापारी ठहरा हुआ है, जिसके पास पचासों दासियां और दास बिकने के लिए तैयार हैं। आज प्रातःकाल से ही सराय में बड़ी चहल-पहल और साज-सजावट है, क्योंकि आज स्वयं सुलतान काशगर वहां बांदी खरीदने के लिए तशरीफ लाने वाले हैं।

चारों ओर एक विचित्र दृश्य उपस्थित है। सब बांदियां नहला-धुलाकर आभूषित की जा रही हैं—पता नहीं, आज किसका भाग्य सूर्य चमकने वाला है।

ठीक मध्याह्न के समय सुलतान आये।

"सुलतान आये।" का कोलाहल सराय भर में फैल गया। सब यथायोग्य स्थान पर सुलतान का स्वागत करने के लिए तैयार हो गये।

बांदियां एक कतार में खड़ी कर दी गईं। सौदागर सुलतान के आगमन की प्रतीक्षा में हाथ बांधकर बड़ा हो गया।

सुलतान आये और सौदागर ने कोर्निश की।

तभी बांदियां चुपचाप सिर नीचा किये खड़ी थीं। किसी की भी हिम्मत ऊपर आंख उठाने की नहीं होती।

सभी बांदियां एक-से-एक खूबसूरत और कमसिन हैं। उनके वस्त्रादि इतने महीन हैं कि उनके भीतर से उनकी अनुपम रूपराशि छन-छनकर बाहर आ रही है। उनके शरीर का रोम-रोम दिखाई पड़ रहा है। यद्यपि सभी बांदियां एक-से-एक खूबसूरत हैं, परंतु आखिर वाली बांदी तारों में चांद जैसी मालूम पड़ती है।

सुलतान हर बांदी के आगे आकर ध्यानपूर्वक उसकी सूरत देखते और उसकी खूबसूरती की तौल करते।

जिस बांदी के आगे जाकर खड़े हो जाते, वह तो मानो गड़-सी जाती।

सब बांदियां थर-थर कांपती हुई खड़ी थीं।

यह क्या?

आखिर वाली बांदी पर दृष्टि पड़ते ही सुलतान चौंक पड़े। उनका सम्पूर्ण शरीर सिहर उठा। क्यों न हो! जिस सौन्दर्यमयी की पूजा वे सोते-जागते किया करते हों, जिसकी सूरत अभी तक उनके हृदय पर अंकित हो—भला उसे ऐसी अवस्था में देखकर वे क्यों न चौंकते?, फिर भी

उन्होंने अपने हृदय को सीमा उल्लंघन करने न दिया और उस बांदी की ओर हाथ से संकेत किया।

जिस बांदी को सुलतान ने पसंद किया था, वह और कोई नहीं, मेहर थी।

सुलतान का इशारा पाकर सौदागर बहुत खुश हुआ और मेहर के सामने आकर बोला— "सुना तूने, तुझे सुलतान ने पसंद किया है।"

मेहर की आंखें पृथ्वी की ओर केंद्रित थीं, उसने अभी तक सुलतान की ओर देखा भी न था।

"तू अपनी ओढ़नी उतार दे। सुलतान तेरी जवानी का मुआइना करेंगे।" सौदागर ने मेहर से कहा।

मेहर कांप उठी। या खुदा! यह शर्मनाक काम वह किस तरह कर सकेगी? इतने आदमियों के सामने वह कैसे अपना वक्षस्थल आवरणहीन करेगी?

"नहीं, इसकी कोई जरूरत नहीं।" सुलतान ने कहा।

वह आवाज कान में पड़ते ही वह चौंक पड़ीं। उफ! यह किसकी आवाज उसने सुनी? अपने सुलतान की? मेहर ने सुलतान की ओर आंख उठाकर देखा। उसका सिर चकरा गया। उसका प्यार सुलतान! उसके गिरोह का डाकू सुलतान! हां! वही इस वक्त राजकीय परिधान में सामने खड़ा था।

मेहर को अपनी आंखों पर विश्वास न हुआ। वह स्वप्न में भी यह न समझ सकी थी कि साधारण मनुष्य की तरह उसके गिरोह में रहने वाला और सरदार की झिड़कियां सहने वाला, सुलतान काशगर हो सकता है।

सुलतान ने समझ लिया कि मेहर उन्हें पहचान गईं है, परंतु उन्होंने इस समय अपनी किसी भी हरकत से यह प्रकट न होने दिया कि मेहर से उनकी पहले भी भेंट हो चुकी है।

मेहर ने सुलतान का यह रूखापन देखकर समझा कि कदाचित् सुलतान अभी तक उसे पहचान नहीं सके।

"इसे बांदियों के महल में पहुंचा दिया जाये।"

मेहर सोचने लगी इतनी बेरुखी? ओह! फकीर की बात सच होती जान पड़ती है। अब देखें, खुदा क्या खेल दिखाता है।

* * *

मेहर बांदियों के महल में पहुंचा दी गईं। दो महीने बीत गये। सुलतान ने, फिर उसकी कोई खोज-खबर न ली। पता नहीं कि वे उसे भूले थे या नहीं।

मेहर प्रायः सुलतान की इस बेरुखी के बारे में सोचा करती। जाने क्या धीरे-धीरे उसके दिल में एक तरह का मीठा-मीठा दर्द होने लगा था। किसलिए दर्द हो रहा है, वह अभी उसे नहीं मालूम हो सका था।

रह-रहकर दुआ देने वाले उस बुड्ढे की सूरत उसकी नजरों के सामने नाचने लगती थी। फकीर ने जो कुछ कहा था, अभी तक वह भूली नहीं थी। उसने कहा था—"बेटी, मैं तेरी किस्मत पढ़ रहा हूं—तू सुलतान काशगर की महबूबा बनेगी, मगर खुश न हो सकेगी।"

तो क्या सचमुच वह खुश न हो सकेगी? क्या सचमुच उसकी भाग्यरेखा पत्थर की कलम से लिखी गई है? मेहर के हृदय से उठने वाला तूफान बढ़ता जा रहा था। उसे दिन-पर-दिन अधिक बेचैनी मालूम होने लगी थी।

उस दिन पहर रात गये सुलतान अपने विलास-भवन में अजूरी के हाथ से शराब पीते हुए बैठे थे। यह छठवां जाम भरा गया कि सुलतान एकाएक रुक गये। उनके कानों में गाने की आवाज आई—

दिल में दर्द है, पर होंठ सिये बैठी हूं।
क्या कहूं, किससे कहूं राज पिये बैठी हूं।
दिल में 'य' है कि तुम्हें वानिये-बेदाद कहूं।
जी में आता है, तुम्हें मैं सितम-ईजाज कहूं।

नशे के झोंक में सुलतान ने कहा—"अभी बुलाओ उसे बांदी को, जो इस वक्त ऐसा दर्द भरा गाना गा रही है! उसे क्या तकलीफ है?"

"जहांपनाह! यह वही नई आई हुई बांदी है!"—अजूरी ने कहा।

"नई आई हुई बांदी!" सुलतान को अब मेहर की याद आई—"ओह, वह! हां, बुलाओ उसे अभी! इसी वक्त! जाती क्यों नहीं? मुंह क्या देख रही हो?"

अजूरी गई और थोड़ी देर में मेहर को लेकर वापस आई।

सुलतान ने एक उड़ती नजर मेहर पर डाली, फिर अजूरी से बोले—"इसके कपड़े बदलवा कर मेरे पास वापस भेजो।"

अनिच्छा रहते हुए अजूरी ने सब कुछ किया। उसने मेहर को बहुमूल्य कपड़े पहनाये, इसके पश्चात् इत्र आदि लगाकर उसे सुलतान के पास भेज दिया। मेहर आकर सुलतान के सामने खड़ी हो गई। उसका हृदय इस समय तीव्र वेग से स्पंदित हो रहा था।

"पास आओ।" सुलतान ने कहा।

मेहर आकर उनके पास खड़ी हो गई। इस समय सुलतान पूर्ण रूप से नशे में थे। उन्होंने मेहर को अपने पास खींच लिया और उससे इस प्रकार खिलवाड़ करने लगे, जिस प्रकार और बांदियों से किया करते थे। मेहर धधकते हृदय से चुपचाप उनकी पाशविक क्रिया सहती रही।

76

''वाकई में तुम्हारी सोहबत मुझे बहुत पसंद आई...।'' सुलतान बोले—''थोड़ी-सी शरबते-अनार मुझे पिलाना।''

मेहर ने प्याला भरकर सुलतान के आगे कर दिया।

सुलतान बोले—''इस तरह नहीं देखो ऐसे।'' सुलतान ने मेहर को अपनी गोद में बैठा लिया। मेहर ने कांपते हाथों से मदिरा का प्याला सुलतान के होंठों से लगा दिया।

''तुमने तो मुझे पहचान लिया होगा मेहर!'' सुलतान अब खुल पड़े।

''हां पहचान लिया था पहली ही नजर में, मेरे महबूब! मगर आपने अपना असली राज मुझसे छिपा क्यों रखा था?''

''जाने दो गुजरी बातों को...बताओ कि मेरे आने के बाद क्या हुआ और तुम पर क्या-क्या बीती?''

''आपके चले जाने के बाद, सरदार ने मुझ पर बेहद जुल्म किये, मगर मैंने उसकी मुहब्बत कबूल न की। कुछ दिनों बाद कादिर भी आपकी खोज में गिरोह से भाग गया। तब से किसी ने उसकी सूरत नहीं देखी। वह आपको बहुत चाहता था और जब जाने लगा तो उसने मुझसे कहा कि मैं सुलतान की खोज में जा रहा हूं।''

''बड़ा अच्छा आदमी था बेचारा!''

''जब सरदार लाचार हो गया तो उसने मुझे उसी बांदियां बेचने वाले सौदागर के हाथ बेच दिया। जिससे आपने मुझे खरीदा। अब आप मेरे मालिक और मैं आपकी बांदी हूं। आप भी तो मुझे इतने दिनों तक भूले रहे।''

''हम-तुम कभी जुदा न होंगे!'' सुलतान ने कहा।

उसी समय मेघाच्छन्न नभ-मण्डल पर बाहर जोरों से बिजली कड़क उठी। मेहर का कलेजा कांप गया। उफ्फ्! उस फकीर की

भविष्यवाणी यदि झूठी हो सकती...! मेहर का शरीर शिथिल हो गया। मुखाकृति मलीन पड़ गई।

''क्या हुआ?—क्या हुआ?'' कहते हुए सुलतान ने मेहर को जोर से अपने अंक में कस लिया।

मेहर ने प्रेम विभोर होकर कुछ चिंता व्यक्त करते हुए कहा—''किस्मत हम लोगों के साथ मजाक कर रही है, मेरे आका!''

मगर सुलतान ने उसकी बात का कुछ भी मतलब न समझा। वे न जान सके कि मेहर की बातें एक भयानक घटना की ओर संकेत कर रही हैं।

* * *

मेहर अब उनके खास महल में रहने लगी। सुलतान की महबूबा जानकर सब उसका आदर करने लगे।

यद्यपि उसका रहन-सहन सभी मल्का की तरह था, फिर भी उसका दिल दिन-रात चिंताग्रस्त रहता था। फकीर की बातें उसके हृदय में तूफान मचाये रहती थीं। वह बहुत प्रयत्न करती थी अपने हृदय को संभालने का, परंतु सब व्यर्थ, सारा महल जैसे उसे काटने के लिए दौड़ता था। महल की चहल-पहल उसे अच्छी नहीं लगती थी—वह यह कि पुनः अपने कबीले में चलकर जंगलों की पहाड़ों पर विहार करे।

कभी-कभी उसे जहूर की—उस अभागे की, जिसने उसकी मुहब्बत के लिए अपना सब कुछ कुर्बान कर दिया था—याद आ जाती थी। उस अभागे नौजवान ने तो उसी के लिए अपना घर-बार छोड़ा था।

मेहर की अवस्था दिन-ब-दिन बिगड़ने लगी। हाय! जहूर उसे कितना चाहता था—दोनों किस जंगल की गोद में अपनी मुहब्बत की उलझन सुलझाते थे। कितना लुत्फ था उस मुहब्बत में! इन्हीं सब चिन्ताओं में वह घुलने लगी।

अब सुलतान जब कभी उसके सामने आते तो न जाने किस विधि-विडम्बना से उसका हृदय कांपने लगता था। आने वाले अंधकारमय भविष्य की सूचना, मेहर को सुलतान की मुखाकृति पर दृष्टिगोचर हो जाती थी। ओह, यह अभागा सुलतान भी उसका पुजारी है, मगर यह भी बर्बाद हो जाएगा, फकीर का यही कथन था।

उफ्फ़! फकीर के अल्फाज कितने खौफनाक थे। याद आते ही मेहर भय से अपना मुंह ढक लेती।

सुलतान ने भी मेहर की इस बिगड़ती हुई हालत पर गौर किया। वे मेहर को सच्चे दिल से चाहते थे। उन्होंने मेहर के मन-बहलाव के लिए कुछ उठा न रखा था, परंतु उस पर आक्रमण करती हुई चिंता दूर न हुई। उसकी अवस्था देखकर सुलतान भी उदासीन रहने लगे। उनका भी किसी काम में मन न लगता था। उन्होंने शराब छोड़ दी—ऐश व इशरत छोड़ दी थी—सब कुछ छोड़ दिया था, केवल मेहर के लिए। कई बार उन्होंने मेहर से उसके कष्ट के बारे में पूछा भी, परंतु मेहर से कोई स्पष्ट उत्तर न पाकर वे चुप रहे। दोनों रात को एक ही कमरे में सोते, मगर एक-दूसरे के इतना पास होते हुए भी मानो वे बहुत दूर थे।

मेहर का मन स्थिर था। वह कभी अपने कबीले के बारे में सोचती, कभी अपने अब्बा और जहूर के बारे में, कभी दिल में आता, कहीं भाग जाये! भाग जाये वहां, जहां रंज की पहुंच तक न हो—मगर वह भाग भी कैसे सकती थी? उसी के हाथ में तो सुलतान के जीवन की बागडोर थी। उसके भाग जाने पर सुलतान का जीवित रहना असम्भव था। मेहर सब समझती थी। उसे सुलतान के साथ पूरी सहानुभूति और पूरी मुहब्बत थी, इसलिए वह उन्हें छोड़कर जाना भी नहीं चाहती थी! मगर वहां रहते-रहते उसका दिल जो जल रहा था, उसका कष्ट उसे

असह्य था। वह कभी उन दिनों की बात सोचने लगती, जबकि सुलतान और वह डाकुओं के गिरोह में रहा करते थे। किस तरह उन दोनों में मुहब्बत थी! स्वतंत्र न होते हुए भी वे दोनों कितने खुश थे।

मगर यहां आते ही क्या हो गया? किसने उसकी दुनिया में आग लगा दी? किसने उसके दिल में इतनी जलन, इतनी तकलीफ पैदा कर दी? कैसे उसके हृदय में इतनी व्यथा, इतनी पीड़ा उत्पन्न हो गई कि अपने प्यारे सुलतान से दो बात कर लेना भी कष्टकर प्रतीत होने लगा?

मेहर फकीर को कोसती, मगर फकीर का इसमें क्या दोष था? उसने तो सिर्फ भाग्य की रेखा पढ़ दी थी—उसका नियंत्रण तो उसके अधिकार में नहीं था।

"मेहर...।" उस दिन बड़ी कोशिश करके सुलतान ने मेहर को पुकारा।

"तुम्हारी तबीयत अभी तक ठीक नहीं हुई। तुम दिन-पर-दिन सूखती जा रही हो...आखिर इसमें राज क्या है?"

"खुदा की कुदरत है, मेरे आका! जिसके लिए यह दिल तड़पता था, उसे पाकर भी न पा सका।"

"तुम यह कैसी बातें कर रही हो मेहर! तुम्हारी तकलीफ देखकर मैं भी अधमरा हो रहा हूं। देखो, शराब मैंने छोड़ दी, हंसना-बोलना छोड़ दिया, औरतों से खेलना छोड़ दिया। सब कुछ छोड़ दिया मैंने! सिर्फ तुम्हारे लिए। मैं तुम्हें चाहता हूं, मेहर!

मगर तुम यहां आकर न जाने कितनी जालिम बन गईं हो। मेहर! मेरे दिल में जलन है...और जलन तो सभी के दिल में होती है—दौलत की जलन, इन्तकाम की जलन, खुदा ने न जाने कितनी किस्म की जलन पैदा की है। मेहर! मैं प्यासा हूं—तुम्हारे हाथ में पानी है, मगर मेरी प्यास बुझाना नहीं चाहती तुम। अपनी तकलीफ भी नहीं बताती कि उसे दूर करने की कोशिश करूं। आखिर इसका सबब?"

मेहर चुप रही। किस मुंह से, किन शब्दों में बेचारी मेहर बताये कि उसे क्या दुख, क्या तकलीफ है, क्या जलन है? अपने दुख की बात, अपनी जलन की कहानी तो खुद वह भी अभी तक नहीं समझ सकी है।

तेरह

"तुम तो बड़े ताज्जुब की बात सुना रहे हो दोस्त!" कमर ने शहजादे से कहा।

"बात ताज्जुब की भी है और खौफ की भी।" शहजादा कहने लगा—"आज महल-भर में उसकी तूती बोल रही है। सभी उसका हुक्म मानते हैं। खुद भाईजान भी उसकी बात नहीं टाल सकते। भाईजान ने उसे बांदी की तरह खरीदा था, मगर आज वह मल्का की तरह जिंदगी बसर कर रही है। जब से वह आई है, तब से मैं गौर कर रहा हूं, तो भाई साहब की हालत अच्छी नहीं नजर आती। वे दिन-पर-दिन सूखते चले जा रहे हैं। किसी काम में उनका दिल नहीं लगता। उनकी वजह से महल में जो बीसों छोरियों की जिन्दगी गुजर हो रही थी, वे महल से निकाल दी गई हैं और सिर्फ उसी एक छोकरी के पीछे पागल बने हुए हैं। अपनी हमदर्द शराब को भी उन्होंने कतई छोड़ दिया है।"

"ऐसी बात!।" कमर ताज्जुब-भरी आवाज में बोला—"तब जरूर ही वह छोकरी बहुत खूबसूरत होगी। आखिर उसका नाम क्या है?"

"नाम है उसका मेहरुन्निसा!"

जहूर, परवेज का नया खरीदा हुआ गुलाम, जो दरवाजे के बाहर खड़ा हुआ भीतर की सब बातें सुन रहा था, एकदम चौंक पड़ा। उसका मस्तिष्क घूम गया और वह धड़ाम से जमीन पर गिर पड़ा।

"जहूर!" परवेज ने पुकारा उस गुलाम को।

गुलाम कराहता हुआ उठा और उदासीन भाव से सामने आकर खड़ा हो गया।

"क्यों रे, कैसी तबीयत है?" परवेज ने पूछा।

"अच्छी है, आलीजाह!"

"देख मेरी बांदी अभी इस सल्तनत की होने वाली मल्का को लेकर आती होगी, उसे अंदर आ जाने देना।"

जहूर बाहर आकर बैठ गया। अन्दर बातचीत आरम्भ हो गई? कमर बोला—"क्या तुमने उसे बुलाया है?"

"हां! मैंने सोचा, जरा तुम भी उसकी सूरत देख लो और उससे दो-दो बातें कर लो।"

"अच्छा ही किया...।" कमर ने कहा।

गुलाम दरवाजे पर बैठा हुआ बांदी के लौटने की राह देख रहा था। थोड़ी देर बाद उसने देखा कि बांदी के साथ मल्का-सी सजी हुई मेहर आ रही है। उस समय मेहर की खूबसूरती गजब ढा रही थी, फिर भी चांद जैसे मुखड़े पर कालिमा की अस्फुट छाया विद्यमान थी।

मेहर जब पास आ गई तो गुलाम ने झुककर कोर्निश की। मेहर की नजर उस पर हठात् जा पड़ीं।

यह क्या? यह कौन? मेहर का दिल कांप उठा। या खुदा! यह उसकी आंखें क्या देख रही हैं? उसकी मुहब्बत का शिकार जहूर, आज गुलाम की हालत में उसके सामने खड़ा है।

"तुम?—जहूर तुम!"—उसके मुंह से कांपती हुई आवाज निकली।

जहूर धीमे से हंस पड़ा।

उफ़्फ़! बाहर की इस सूखी हंसी में प्रेम का कितना भयानक इतिहास छिपा था! वह कितनी कृतघ्न है कि जिसने उसके लिए लाखों कष्ट सहे, उसे उसने पत्थर की तरह ठुकरा दिया।

"उस फकीर की बात सच हुई, मेहर!" कहते हुए जहूर ने मुंह फेर लिया। उसकी आंखें डबडबा आई थीं।

मेहर को, फिर उस फकीर की याद आ गई। फकीर के ही लफ़्ज़ तो कहर के अल्फाज बनकर उसे जला रहे थे।

मेहर अपने को संभाल न सकी, वह मूर्च्छित होकर गिरने की वाली थी कि शहजादा परवेज भीतर से आ पहुंचा। इज्जत के साथ उसने मेहर को कोर्निश की और भीतर लाकर बा-इज्जत पलंग पर बैठा दिया।

"क्या तबीयत कुछ खराब हो गई है?" परवेज ने पूछा।

"नहीं शहजादे! सब ठीक है। किसलिए मुझे याद फरमाया है आपने?"

"यूं ही, आपकी खिदमत करने की ख्वाहिश हो आई। ये हैं मेरे दिली दोस्त कमर! इन्होंने अभी तक आपको देखा नहीं था।"

इतने में ही गुलाम ने भीतर प्रवेश किया और कोर्निश करते हुए कहा—"वजीर आ रहे है।।"

"वजीर?...यहां कैसे?" कमर ने आश्चर्य के साथ कहा—"दोस्त! तुम उससे निपटो। मैं जाता हूं।"

"आखिर तुम वजीर से कब तक डरते रहोगे? बैठे रहो।"—परवेज ने कहा।

तब तक वजीर भी आ गया। पहले उसने मेहर को, फिर शहजादे को देखा और कोर्निश की तथा बैठ गया।

एकाएक उसकी निगाह कमर पर आ पड़ी।

वह चौंक पड़ा, मगर उसने अपने दिल को सम्हाल लिया—'फिर उसने कमर की मुखाकृति देखी—"आप कौन है।?" वजीर ने शहजादे से पूछा।

"ये मेरे दोस्त है।।" परवेज ने कहा।

“ओह!” वजीर आश्चर्य से बोला—“आपकी सूरत हमारी मल्काये-आलम से बहुत मिलती-जुलती है। खुदा का कहर! कौन जाने वे किस हालत में होंगी?”

“तुम्हारा ख्याल गलत है वजीर! उन्हें तो जंगली जानवरों ने चीर फाड़ कर पेट के हवाले कर लिया होगा...।” परवेज ने कहा।

वजीर ने थोड़ा-सा उठकर कोर्निश की मानो उसने अपनी गलती स्वीकार कर ली हो।

अब वह मेहर की तरफ मुखातिब हुआ। बोला—“शहंशाह अभी तक ख्वाबगाह से बाहर नहीं निकले हैं। पता नहीं, उनकी तबीयत कैसी है?”

“रात में तो तबीयत ठीक थी।” और मेहर की मुखाकृति पर चिंता की अनेक रेखाएं उभर आईं। शीघ्रता से वह वहां से चली गई।

ज्योंही ख्वाबगाह में उसने प्रवेश किया, उसने देखा—सुलतान तकिये में मुंह छिपाये पलंग पर लेटे हैं। सिसकने की आवाज आ रही है। उनकी यह हालत देखते ही मेहर का कलेजा मुंह को आ गया।

उफ्फ, कैसे वह इस अभागे सुलतान की प्यास बुझाये?

वह धीरे-धीरे आगे बढ़ आई और सुलतान के बगल में बैठ गई। सुलतान ने आंसुओं से भीगा हुआ मुंह ऊपर उठाया। उनकी हालत देखते ही मेहर रो पड़ीं—“मेरे आका...।”

“मेहर! मैं प्यासा हूं।” सुलतान के गले से करुण आवाज निकली। मेहर उठी। रत्नजड़ित प्याले में चांदी की सुराही से पानी उड़ेलकर सुलतान के सामने आई।

“यह क्या? पानी।” सुलतासन हंस पड़े—“मेरी प्यास इस ठण्डे पानी से नहीं बुझेगी, मेहर! उसके लिए तो।”

मेहर सुलतान के पास बैठ गईं। सुलतान की गरदन में हाथ डालते हुए बोली—“मेरे आका! अपनी हालत पर रहम कीजिये।”

“तुम अपनी हालत तो देखो मेहर!”

“मेरी किस्मत में यही लिखा है, शहंशाह!”

“मालूम पड़ता है तुम मुझसे आजिज आ गईं हो। जब मेरे पास आती हो, तब तुम्हारे चेहरे पर मुर्दनी-सी छा जाती है। लगता है, जैसे तुम्हारे दिल में जरूर कोई तकलीफ है—जरूर कोई जलन है—मगर तुम मुझसे बताना नहीं चाहती। मेहर...! अगर तुम यहां से ऊब गईं हो तो बोलो, तुम्हें, फिर से तुम्हारे अब्बा के पास भेज दूं। मैं तुम्हारे लिए सब कुछ करूंगा—चाहे तड़प-तड़पकर मर ही क्यों न जाऊं।”

“जब से तुम आई हो, मैंने एक दिन भी तुम्हारे चेहरे पर खुशी नहीं देखी। डाकुओं के गिरोह में हम-तुम कितनी खुशी के साथ मिला करते थे? उस वक्त मेरी प्यास न बुझी—और अब तुमको पाकर भी प्यासा ही रहूं, तो जिंदगी भर प्यासा रह जाऊंगा। या खुदा। कैसा नसीब पाया है, मैंने।” कहते-कहते सुलतान निढाल होकर पलंग पर गिर पड़े।

मेहर घबरा उठी। उसने सुलतान के सिर को अपनी गोद में ले लिया और आंचल से हवा करने लगी।

* * *

आज सुबह से ही सुलतान आखेट को गये हुए थे। मेहर पलंग पर पड़ीं-पड़ीं अपनी आंतरिक व्यथा से करवट बदल रही थी। भयानक मानसिक चिंताएं उसके हृदय को व्यथित कर रही थीं।

सुबह से दोपहर हुई, संध्या हुई—परंतु मेहर ने अभी तक एक भी दाना मुंह में न रखा था। वह चिंतातुर अवस्था में पलंग पर लेटी रही।

कुछ खटका हुआ।

मेहर ने सिर उठाकर देखा और चौंक पड़ीं।

दरवाजे पर जहूर खड़ा था। मेहर आश्चर्यमिश्रित मुद्रा में उठकर खड़ी हो गईं—

"जहूर, तुम यहां?"

"हां, मुहब्बत मुझे यहां तक खींच लाई है।"

"मुहब्बत! मुहब्बत! मुहब्बत!" मेहर विवश एवं शिथिल स्वर में बड़बड़ा उठी। जहूर को देखकर उसकी जलन तीव्रतर हो गई थी।

"अपने दिल से लाचार हूं मेहर, तुम क्या अब भी मुझसे खुश न हुई। क्यों इतना जुल्म ढा रही हो? खुदा से तो डरो।"

"जाओ, तुम चले जाओ जहूर! तुम क्यों मुझे तड़पाने के लिए, मुझे जलाने के लिए यहां आये हो—जाओ, खड़े क्यों हो? या खुदा किस मनहूस घड़ी में तुम्हारा-हमारा साथ हुआ था? जाओ, चले जाओ यहां से। मैं तुमसे नफरत करती हूं।"

"नफरत करती हो?" जहूर ने आगे बढ़कर, मेहर का हाथ पकड़ लिया।

मेहर के पैर उस समय कांप रहे थे। उसका सारा शरीर सुन्न-सा होता जा रहा था।

जहूर कहता गया—"अपने दिल से पूछो मेहर कि तुम मुझसे नफरत करती हो या मुहब्बत! सूरत देखो अपनी! तुम्हारी सूरत कह रही हे कि तुम्हें मुझसे मुहब्बत है।"

"जहूर! खुदा के लिए चुप रहो, नहीं तो।" वाक्य पूरा करने के पूर्व ही उसका मस्तिष्क चकरा गया।

जहूर ने आगे बढ़कर गिरती मेहर को अपनी बांहों में सम्हाल लिया। बोला—"मेहर! बोलो, तुम मुझे मुहब्बत करती हो या नहीं?"

इसी समय बाहर मधुर स्वर में कोई गा उठा—

हाय, क्या पूछते हो दर्द किधर होता है!

एक जगह हो तो बताऊं कि किधर होता है!

83

बेचारा कादिर! डाकुओं के गिरोह का वही गायक कादिर, आजकल अपने दर्द भरे गाने गाता हुआ इधर-उधर, फिर रहा था। जब सुलतान गिरोह से चले आये तो कादिर का दिल भी वहां न लगा।

अवसर देखते ही एक दिन वह भाग खड़ा हुआ। इसी बीच वह एक दिन छिपता हुआ गिरोह तक आ गया था मेहर से मिलने के लिए, मगर उसे पता चला कि मेहर भी यहां से चली गई है। तब से वह दरबदर गाने गाता हुआ घूम रहा था—सुलतान और मेहर की खोज में घूमता-घामता वह आज इधर आ निकला था।

"हैं, यह तो कादिर की आवाज है।" आश्चर्य एवं कुछ प्रसन्न होकर मेहर बोली—"कोई बुलाओ उसे? ओह! कोई भी नहीं है जिसे भेज सकूं। खुदा भी मुझसे मजाक कर रहा है। कोई बुलाओ उसे...उसे बुलाओ।" मेहर की सांस जोरों से चलने लगी।

"वह बहुत दूर निकल गया, मेहर!, फिर मैं उसे बुलाने जाऊं तो कैसे जाऊं? छिपकर जो यहां आया हूं।" जहूर ने कहा।

मेहर के हृदय में इस समय भयानक द्वन्द्व मचा हुआ था।

वह बोली—"सच कहूं जहूर! मैं तुम्हें चाहती हूं, मुझे तुमसे मुहब्बत है—और मुझे सुलतान से भी मुहब्बत है।"

"क्या कहा? दोनों के साथ मुहब्बत?" जहूर आश्चर्य के साथ बोला।

"हां, जहूर! आज सब राज तुम पर खोल दूंगी! मैं तुम्हें चाहती हूं, सुलतान को भी चाहती हूं।"

जहूर ने एक ठण्डी सांस ली—"भला, दो शख्स को कोई एक-सी मुहब्बत कर सकता है, मेहर?"

मेहर बोली—"मेरे बदन का खून क्यों पानी हुआ जा रहा है, इसका सबब मेरे दिल से पूछो—मेरी सूरत से पूछो। मेरे दिल में मुहब्बत की जलन है—मगर यह मुहब्बत बड़ी खौफनाक है। जाओ, मुझे ज्यादा दर्द न दो। इस जिंदगी में तुम मुझे नहीं पा सकते...हां! नहीं पा सकते।" मेहर की हालत बदतर होती जा रही थी—"जाओ? जाते क्यों नहीं? मैं तुम्हारी नहीं हो सकती, मैं सुलतान की हूं, सुलतान की! मैं सुलतान को चाहती हूं, तुमसे नफरत करती हूं—तुम जाओ।"

"ऐसा न कहो मेहर! मेरा कलेजा टुकड़ा-टुकड़ा हुआ जा रहा है, मैं तुम्हें नहीं छोड़ेंगे। आओ, हम तुम कहीं भाग चलें।"

"भाग चलूं? तुम्हारे साथ? जान से अजीज सुलतान को तड़पता हुआ छोड़कर?—यह गैर-मुमकिन है, जहूर! अपने लिए मैं सुलतान की तकलीफ नहीं दे सकती। तुमसे ज्यादा वे मुझे चाहते हैं। जाओ तुम, मैं यूं ही जलूंगी—मगर सुलतान को तकलीफ न दूंगी।"

“मेहर!।” कहते हुए जहूर ने मेहर को अपने अंक में कस लिया। मेहर का शरीर उस समय शिथिल हो गया था।

बातचीत का सिलसिला कुछ ऐसा रंग लाया कि किसी को आस-पास की सुध ही न रही।

जहूर और मेहर दोनों किसी ने इस बात पर ध्यान नहीं दिया कि दाहिनी ओर की दीवाल का एक हिस्सा धीरे से खुल गया है और छिपे दरवाजे पर स्वयं सुलतान काशगर खड़े-खड़े उनकी सारी कारगुजारी देख रहे हैं।

“समझा!” सुलतान के मुंह से गम्भीर आवाज निकली।

मेहर और जहूर चौंककर उठ खड़े हुए। दोनों थर-थर कांपने लगे। जहूर ने सुलतान को कोर्निश की—और मेहर ने भी।

“समझा!”कहते हुए सुलतान पलंग पर बैठ गये—“मेहर! आज तुम्हारा दर्द समझ चुका हूं मैं—” सुलतान का दिल बैठता जा रहा था—“तुमने मुझसे राजे-मुहब्बत छिपाने की कोशिश की थी, मगर आज मैं सब कुछ जान गया।” सुलतान जहूर की ओर अभिमुख होकर बोले—“खुशकिस्मत नौजवान! तुझे मेहर चाहती है—मगर मेहर! तुमने मुझसे ऐसा छल क्यों किया?”

“मेरे आका!”—मेहर चीख पड़ीं—“ऐसा अल्फाज मुंह से न निकालिए।”

“मेहर! मैं बहुत खुश हूं! बहुत खुश हूं मैं! आज मेरे दिल का बोझ हल्का हो गया। जब तुम दोनों एक होकर आराम की जिंदगी बसर करो—मैं प्यासा ही ठीक हूं मेहर! किसी कदर अपनी मायूस जिंदगी की घड़ियां काट लूंगा।”

“मेरे आका! मेरे मालिक!।” मेहर ने सुलतान को अपनी फूल-सी बांहों में जकड़ लिया— “ऐसा न कहिए मेरे मालिक! आप मुझे समझने में भूल कर रहे हैं—मैं आपको चाहती हूं— हमेशा चाहती रहूंगी—मगर मैं अपने दिल से मजबूर हूं। उफ! फकीर के वे खौफनाक अल्फाज? या खुदा? या इलाही।”

मेहर की जकड़ ढीली हो गई।

सुलतान ने मेहर को पकड़ लिया, नहीं तो वह बेहोश होकर गिर जाती।

“मेहर!” पुकारा सुलतान ने।

“मेरे आका?” मेहर ने अपना भर्राया हुआ मुंह ऊपर उठाया—“इस गुलाम को अभी यहां से चले जाने का हुक्म दीजिए।”

“जहूर! जाओ।तुम यहां से अभी चले जाओ।”

जहूर धीरे-धीरे कमरे से बाहर हो गया।

सुलतान बोले—“मैं तुम्हें अभी तक समझ न सका, मेहर! तुम जाने कैसी औरत हो— औरत हो या पहेली?”

"शहंशाह! मेरी तरफ से कोई बुरा ख्याल दिल में न लाइये। मैं गरीब हूं, आपको मायूस देखकर मैं मर जाऊंगी मेरे मालिक!" मेहर ने सुलतान के वक्ष पर अपना सिर रख दिया।

और सुलतान ने उसे अपने अंक में समेट लिया। दो आत्मा दो शरीर मिलकर एक हो गये, परंतु इस मय भी मेरा का हृदय जल रहा था।

"तुम्हारे दिल में न जाने क्या दर्द है, मेहर!" सुलतान बोले—"अगर मैं जान पाता तो दर्द को रफा करने के लिए जमीन-आसमान एक कर देता, मगर तुम्हारी खामोशी मुझे गर्क-दरिया कर देगी। मेहर! मेरे दिल की मल्का! अगर तुम्हें अपने ऊपर तरस नहीं आता, तो कम-से-कम मेरी हालत पर रहम करो। खुदा के लिए तुम अपना राजे-दर्द मुझे बता दो।"

"जान से अजीज सुलतान! आप मुझ नाचीज के लिए क्यों इस कदर मायूसी के शिकार बनते हैं? मुझ जैसी गरीब बांदियां तो आपके दरें-दौलत पर रोज-ब-रोज आया करती हैं—फिर क्यों मेरे लिए इतना परेशान होते हैं?"मेहर ने कहा।

सुलतान ने उसका हाथ अपने हाथ में ले लिया। बोले—"मेहर! तुम बांदी हो और मैं सुलतान, मैं यह जानता हूं, मगर दिल तो सिर्फ मुहब्बत देखता है। मेरी निगाह में, मेरे दिल में—तुम्हारे लिए मल्का से भी अधिक इज्जत है।"

"फजल है खुदा का शहंशाह! कि आप मुझ नाचीज के लिए इस कदर हमदर्दी रखते हैं! काश! मैं भी आपको खुश रख सकती?" इतना कहकर मेहर ने एक ठण्डी सांस ली।

सुलतान बोले—"मेहर! तुम अपने दिल को सम्भालने की कोशिश करो। मेरी ओर देखो। मैं बदकिस्मत सुलतान अभी तक प्यासा ही हूं। इतनी सब ऐश की चीजें रहते हुए भी मैं तुम्हारी शमये-सूरत का परवाना बना हुआ हूं, मगर तुम तो जब से यहां आई हो, बराबर मेरी परेशानी ही बढ़ी है, इसे क्या कहूं, खुदा की मरजी ही तो कहना पड़ेगा!"

चौदह

मेहर की अवस्था में कोई परिवर्तन न हुआ।

मेहर जानती थी कि वह जहूर को भी चाहती है और सुलतान को भी—इन दोनों की मुहब्बत ने उसे परेशान कर रखा है। इसके अतिरिक्त और बहुत-सी बातें उसके मस्तिष्क में चक्कर काट रही थीं।

रात को सुलतान और मेहर पास सोते थे, परंतु दोनों के दिलों की अवस्था दो दिशाओं की ओर प्रवाहित होती रहती थी।

कभी-कभी अर्धरात्रि के समय मेहर की निद्रा भंग हो जाती और उसका हृदय इतना विचलित हो उठता था कि वह उद्विग्न हो जाती। कभी-कभी वह अपनी अंगुलियों में पड़ीं हुई बहुमूल्य हीरे की अंगूठी की ओर देखती और सोचती कि इसी के द्वारा अपने भाग्यहीन जीवन का अंत क्यों न कर दे? परंतु सुलतान का मुंह देखते ही वह अपना विचार बदल देती।

* * *

“आज की रात हमारे काम के लिए बेहतरीन है, मेरे दोस्त!” कमर ने शहजादा परवेज से कहा—“यह देखो काली अंधियारी रात, आसमान में बादल के बड़े-बड़े टुकड़े, जोरों से बहती हवा की खौफनाक सनसनाहट!—ये सब चीजें हमें मंजिलें-मकसूद तक पहुंचाने में मदद देंगी। आज अपने इन्हीं हाथों से सुलतान से बदला लूंगा—खून करूंगा।” कमर की एक राक्षसी हंसी ने प्रकोष्ठ की दीवारों तक को प्रकम्पित कर दिया।

“कमर! मैं तुमसे बहुत बार कह चुका हूं कि अब तुममें मेरी जरा भी दिलचस्पी न रही। अगर तुमने भाईजान की जिंदगी का खौफनाक हमला करने का इरादा किया, तो तुम्हारे हक में ठीक न होगा।” परवेज ने कहा। इस समय उसकी मुखाकृति पर क्रोध की आभा झलक रही थी।

“क्या कहा? ठीक नहीं होगा? तुम अपने आपको भूले जा रहे हो शहजादे! होश की दवा करो। तुम्हारी सारी इज्जत व हुर्मत इस वक्त मेरे हाथ में है। अगर तुमने मेरे रास्ते में पड़ने की कोशिश की, तो इसका अंजाम अच्छा न होगा।”

“कमर! तुम अन्धे बनते जा रहे हो। तुम भूल गये हो कि मैंने ही डूबते हुए को तिनके का सहारा दिया था। तुम्हें शाही सजा मिली थी, मगर मैंने ही हुक्म-उदूली कर तुम्हारी जान बचाई थी और इस महल में तुम्हें पनाह दी थी। तुमने यहां आकर मुझ पर न जाने कैसा जादू कर दिया कि मेरा पाक दिल नापाक हो गया। तुमने भाई से बगावत कराई और न जाने क्या-क्या कराया, मगर अब मैं होश में आ गया हूं। यह देखो मेरी तलवार।” शहजादे ने अपनी तलवार खींच ली और दौड़कर कमर की गर्दन पकड़ ली।

87

“भूल जाओ शहजादे! उस दस्तावेज की बात? अगर वह कहीं सुलतान के हाथों में पहुंच जाये? तो तुम्हारी इज्जत क्या सुलतान के सामने वही बनी रहेगी? तब क्या तुम अपनी जान की खैर मना सकते हो...मगर याद रखो! यह दस्तावेज एक ऐसे आदमी के पास है, जो मेरी मौत की खबर सुनते ही उसे सुलतान के सामने पेश कर देगा। उस वक्त तुम्हारी जो हालत होगी, वह तुम खुद समझ सकते हो!”

“या खुदा! जरा-सी गलती कहर मचा सकती है, यह मैं नहीं जानता था!”

शहजादे ने अपना सिर पकड़ लिया! उसके हाथ की तलवार छूटकर जमीन पर गिर पड़ीं।

कमर कहता गया—“नादान न बनो शहजादे! सुलतान को नेस्तनाबूद करने में मेरी ही भलाई नहीं, तुम्हारी भी भलाई है...दिल को सम्हालो। यह देखो—वजीर चला आ रहा है—चेहरा कुछ तमतमाया हुआ-सा है, मैं चला, तुम होशियारी से निपट लेना।” कमर चला गया।

वजीर ने आकर शहजादे को अभिवादन किया, फिर कहने लगा—“गुस्ताखी माफ कीजियेगा शहजादे साहब! मुझे खुफिया तौर से पता चला है कि मल्काये आलम, जिन्हें शहंशाह ने शहर-बदर करने का हुक्म दिया था, अभी तक आपके महल में मौजूद हैं।”

यह बात सुनते ही शहजादा कांप उठा। उसने भयभीत नेत्रों से वजीर की ओर देखा। उस समय वजीर की मुखाकृति गम्भीर थी, परंतु आंखों में क्रोध की लाली थी। अपने चेहरे पर आने वाली घबराहट को छिपाते हुए शहजादा बोला—“वजीर यह क्या कह रहे हो तुम?”

“ठीक कह रहा हूं, शहजादे साहब! मेरे खुफियों की बातें गलत नहीं होतीं। मुझे पूरा यकीन है कि मल्काये-आलम को आपने छिपा रखा है और दोनों आदमी मिलकर, फिर सुलतान की जान लेने की कोशिश में हैं।”

“वजीर...!” शहजादा क्रोधपूर्वक मुद्रा बनाकर बोला।

“गुस्सा न कीजिये शहजादा साहब! असली बात छिपाने की कोशिश फिजूल है। बुड्ढे की नजर से आपकी कोई हरकत छिपी नहीं है। मैं सब कुछ जान चुका हूं शहजादे साहब! मैं आपको यह भी बता दूं कि उस दिन जुलूस में सुलतान की जान पर खौफनाक हमले में खुद आपका ही हाथ था।”

“मेरा हाथ?” शहजादा गरज पड़ा।

वजीर ने कोर्निश की—“शहजादे साहब को मालूम हो कि मैं यह भी जान चुका हूं कि यह कमर कौन है?”

“सब कुछ जानते हुए भी मैं अब तक खामोश था—सिर्फ इसलिए कि शाहंशाह तक यह सभी नापाक बातें न पहुंचें, नहीं तो सुनकर वे खुदकुशी कर लेंगे।”

“तुम वजीर हो या शैतान?” शहजादे के मुंह से एकाएक निकल पड़ा।

“इतनी बड़ी सल्तनत का काम देखना शैतान का ही काम है, शहजादे साहब!” कहकर वजीर ठहाका मारकर हंस पड़ा—“आखिरी बार दरखास्त करता हूं कि आप लोग बंद इरादों से बाज आयें।”

मेहर ने अन्दर आते हुए सुलतान की ओर देखा।

उसे महान आश्चर्य हुआ यह देखकर कि आज सुलतान के मुख मण्डल पर तेज की आभा झलक रही है। सारा दुख सारी जलन आज उनसे दूर थी।

सुलतान प्रसन्नचित्त हंसते हुए मसनद के सहारे पलंग पर बैठ गये और बोले—"मेहर...! आज मैं न जाने क्यों बहुत खुश हूं।"

"फजल है खुदा का, मेरे सरताज!" मेहर ने कहा—और आकर सुलतान के पास बैठ गयी।

सुलतान बोले—"मगर तुम अभी खुश न हो सकी, मल्लिका मुअज्जमा! उठो! आज मुझे इन नाजुक हाथों से थोड़ा-सा शरबते-अनार पिला दो...।"

मेहर को बहुत आश्चर्य हो रहा था कि आज सुलतान इतने खुश क्यों हैं? शराब! जिसे छूने से भी उन्हें नफरत हो गयी थी, उसे आज पीने की क्यों ख्वाहिश कर उठे हैं। उसका मन आशंका से भर उठा। अत्यंत नम्र स्वर में वह बोली—"शराब न पीये मेरे मालिक!"

"शराब न पियूं न पियूं। कतई नहीं! नहीं, मैं जरूर पियूंगा! उठो मेहर!"

सुलतान के आग्रह करने पर मेहर उठी और प्याला भरकर सुलतान को पिलाने लगी। कई प्याले खाली हो गये। सुलतान पर धीरे-धीरे शराब का नशा चढ़ने लगा—

"तुम...तुम भी मेहर! अजीब औरत हो, खुदा की दी हुई इतनी खूबसूरती को बेकार बरबाद कर रही हो—मैं प्यासा हूं मेहर! और तुम? तुम्हारे हाथ में पानी है, मगर मुझे पिलाना नहीं चाहती...मगर...मगर वह कौन है?...कौन हाथ में में बन्दूक ताने खड़ा है?"

"कहां? कहां, मेरे आका?" मेहर चौंक पड़ीं।

"ओह भाग गया वह! बुज़दिल कहीं का! अपनी बन्दूक से मेरे सीने को छेद क्यों नहीं दिया कि मैं हमेशा के लिए अपनी प्यास को लिये हुए सो जाता—सारी जलन मिट जाती और यह क्या? यह आग कैसी? मेहर! देखो तो, यह आग किधर लगी है।"

"कहां है आग, मेरे अजीज!" मेहर को सुलतान की अवस्था बिगड़ती हुई मालूम पड़ीं।

"तुम नहीं देख रही हो आग? यह देखो...!" कहकर सुलतान ने अपने सीने पर का कपड़ा चीर-फाड़ दिया—"देखो! आग यहां है, मेरे दिल में और मुंह रट रहा है—प्यास! प्यास!"

"बिस्तर पर आराम फरमाइये मेरे आका!" मेहर ने सुलतान को पलंग पर लिटा दिया।

सुलतान बोले—"तुम मेरे पास ही बैठो, मेहर! तुझे डर लग रहा है। चारों ओर डरावनी सूरतें नजर आ रही हैं। तुम कहीं न जाओ। मुझे अपना बना लो। यह क्या? नदी! उफ! बचाओ! बचाओ!! नदी भयानक तेजी से मेरी ओर बढ़ी आ रही है।"

“नहीं, कहीं नहीं, मेरे मालिक!”

“नदी बढ़ी आ रही है—तुम उसे नहीं देख सकती। यह यह देखो।” सुलतान ने मेहर के शरीर पर हाथ रख दिया—“यह नदी है—हां मेहर! तुम्हारा शरीर ही नदी है, तालाब है—और मैं हूं प्यासा?—आओ मेरी प्यास बुझा दो—मैं प्यासा हूं—प्यास बेहद लगी है मुझे।” कहते हुए सुलतान ने मेहर को अपने अंकपाश में कस लिया।

अर्द्धरात्रि अपना भयानक रूप लेकर आई। बादल गरज रहे थे। हवा जोर से बह रही थी। बिजली रह-रहकर चमक उठती थी। मालूम होता था कि आकाश फट बढ़ेगा—प्रलय हो जाएगा।

सुलतान नशे के झोंके में मेहर को अपने वक्षस्थल से लगाये निद्रा में मग्न थे। मेहर भी विभोर होकर वक्ष से चिपटी थी।

बाहर बिजली जोर से कड़की—मेहर का सारा बदन कांप उठा। नींद उचट गई। उसका हृदय न जाने क्यों हाहाकार कर उठा।

उफ? यह बादलों की गरज, यह बिजली की चमक, यह हवा की सनसनाहट! कितनी दशहत पैदा कर रही है!

ओह! अगर आज वह अपने बचपन वाले खुशनुमा जंगल के पास होती तो क्या डर जाती। नहीं, ऐसा नजारा देखकर वह खुशी से पागल हो उठती। पानी बरसता, मोर नाचते और पपीहा बोलता—पी कहां, पी कहा तो वह भी चकोर बनकर अपने प्रियतम की खोज करती—क्या मजा आता!

मेहर ने धीरे-धीरे अपने को सुलतान के बहुओं से छुड़ाया और पलंग से उतरकर खिड़की के पास चली आई।

बाहर अंधकार छाया हुआ था। अभी बूंदें नहीं पड़ रही थीं, परंतु मालूम होता था कि शीघ्र ही वर्षा होने वाली है।

मेहर के हृदय में भयंकर जलन होने लगी। उसे लगा, जैसे उसके बदन में आग लग गई है, उसका दम घुटा जा रहा है और यदि वह जल्दी ही भाग न गई तो हमेशा के लिए यहीं कैद रह जायेगी।

नियति का चक्र तेजी से घूम रहा था।

मेहर का दम घुटने लगा—“अब मैं नहीं रह सकती—नहीं रह सकती इस जेलखाने में— मैं भाग जाऊंगी।”

मेहर दरवाजे की ओर बढ़ी। आहिस्ते से दरवाजा खोलकर वह बाहर निकल आई। कमरे में घोर सन्नाटा छा गया। अन्धेरी रात में दूर कोई उल्लू अपनी कर्कश आवाज में चीख उठा।

“बचाओ! बचाओ मेहर! मुझे बचाओ...।” सुलतान ने भी चीख मारकर आंखें खोलीं। अभी तक उन पर शराब का नशा विद्यमान था—“मुझे छोड़कर तुम नहीं जा सकती—मैं मर जाऊंगा—पकड़ो! वह भागी जा रही है।”

सुलतान पलंग पर से हड़बड़ाकर उठे और दरवाजे की ओर झपटे।

उसी समय दौड़ते हुए किसी व्यक्ति के आने की आहट सुनाई पड़ीं और दूसरे ही क्षण बुड्ढा वजीर हांफता हुआ सुलतान के सामने आकर खड़ा हो गया—“आप कहां जा रहे हैं? कहां जा रहे हैं आप?”

“हटो रास्ते से। मुझे जाने दो, वह भागी जा रही है।”

“मगर शहंशाह! आप बाहर न जायें, खतरा है। आपकी जान जाने की साजिश की गई है।”

“तुम रोको मत—मेरी जिंदगी और मौत का सवाल है, जाने दो मुझे।”

“नहीं जाने दूंगा आपको! शहजादे और कमर ने मिलकर साजिश की है, मैं आपको बचाने के लिए दौड़ा चला आ रहा हूं।”

“तुम झूठे हो—हटो मेरे रास्ते से।”

सुलतान ने बुड्ढे वजीर को अलग ढकेल दिया और स्वयं दौड़ते हुए अंधेरे में बढ़ते गये। विद्युत प्रकाश में उन्हें कुछ दूर पर जाती हुई एक स्त्री जैसी आकृति दिखाई पड़ीं, वे उसी ओर दौड़े।

* * *

“सिपहसालार! शहंशाह की जान लेने की साजिश की गई है। परवेज और कमर अपने महल से बाहर हैं। सुलतान भी मेहर के पीछे बाहर निकले हैं। खुदा ही खैर करे। तुम सिपाहियों को लेकर महल के आस-पास फैल जाओ। परवेज, कमर, मेहर या सुलतान—इनमें से जो भी मिले, उन्हें रोक लेना, जाओ।” वजीर ने कहा।

सिपहसालार ने वजीर को कोर्निश की।

* * *

सुलतान दौड़ते हुए उस औरत के पास आ पहुंचे। वह मेहर ही थी।

सुलतान मेहर को अपने बाहुपाश में आबद्ध कर हांफते हुए बोले—‘मैं तुम्हें नहीं जाने दूंगा—तुम्हारे चले जाने से मैं मर जाऊंगा, तुम न जाओ मेहर! न जाओ!”

“शहंशाह!” - मेहर ने सिसकते हुए सुलतान के वक्षस्थल पर अपना सिर रख दिया।

उसी समय दूर पर कुछ खट-खट का शब्द सुनाई पड़ा। सुलतान मेहर को छोड़कर उस ओर बढ़ चले, कदाचित् इस बात का पता लगाने के लिए कि यह किस तरह का शब्द है।

91

कुछ दूर पर सुलतान को कुछ आदमियों की धुंधली छाया दीख पड़ीं।

उसी समय धांय-धांय बन्दूक छूटने की आवाज गूंज उठी। सुलतान ने अपना कलेजा थाम लिया। वे चक्कर खाकर भूमि पर गिर पड़े। उनके मुख से निकली हुई करुण चीत्कार चारों ओर प्रतिध्वनित हो उठी। झपटती हुई मेहर सुलतान के पास आई। उसने देखा—सुलतान के कलेजे से खून का फव्वारा छूट रहा है।

"सुलतान! शहंशाह!" मेहर पछाड़ खाकर गिर पड़ीं—"क्या हुआ आपको? यह किस जालिम का काम है? किसने मेरी दुनिया उजाड़ दी?" मेहर जोरों से रो पड़ीं। उसने जमीन पर पड़े सुलतान के सिर को अपनी गोद में रख लिया।

सुलतान के शिथिल मुख से सिर्फ इतना ही निकला—"मेहर अब मैं चला।"

"या अल्लाह! मैं कहीं की न रही, मेरे आका! मेरे मालिक!" मेहर सुलतान के शरीर से लिपट गई।

उसी समय अंधकार को चीरता हुआ एक मनुष्य वहां आ खड़ा हुआ। मेहर ने उसे पहचाना। वह जहूर था।

"जहूर! तुम यहां!" मेहर बोली—"तो क्या यह तुम्हारा ही काम है? क्या तुम्हीं ने मेरी मुहब्बत पाने के लिए इस फरिश्ते को अपनी बन्दूक का निशाना बनाया है, इतने हैवान बन गये तुम? मेरी दुनिया उजाड़ते हुए तुम्हारा कलेजा टुकड़े-टुकड़े नहीं हो गया।"

"मेहर! यह काम मेरा नहीं है। मैं तो बन्दूक की आवाज सुनकर इधर आ गया हूं।"

"तुम मुझे भुलावे में डाल रहे हो। खुदा तुम्हें गारत करे, जहूर! खुदा तुम पर गजब ढाये, कहर ढाये, हाय मेरे आका!"

"मेरे आका को क्या हुआ?" कहता हुआ वृद्ध वजीर वहां आ पहुंचा। उसके पीछे सिपाहियों से घिरे हुए शहजादा परवेज और कमर थे। वजीर ने उन्हें बंदी बना लिया था।

सुलतान की हालत देखते ही वजीर हाय कर उठा—"मुझे थोड़ी देर हो गई, इतने ही में इन शैतानों ने शहंशाह की जान ले ली।"

"वजीर! मेरे बुजुर्ग!" शहंशाह के मुख से अस्फुट शब्द निकले।

"शहंशाह!" बेचारा वजीर रो पड़ा—"यह करतूत शहजादे की है।"

"शहजादे की...?" सुलतान की मुखाकृति क्षण-प्रति-क्षण होती जा रही थी।

"हां, भाईजान! मैं ही आपका कातिल हूं—मैं ही खूनी हूं।" कहते-कहते शहजादा परवेज रो पड़ा।

"खूनी यह नहीं, मैं हूं—इधर देखो सुलतान!" कमर गरज उठा। उसके हाथ में अब भी बन्दूक विद्यमान थी—'देखो! मैं कौन हूं?"

कहते हुए कमर ने अपना साफा उतारकर जमीन पर फेंक दिया। अन्दर से लम्बे-लम्बे बाल पीठ पर नागिन की तरह लहरा उठे! मुंह पर लगी नकली मूंछ खींच ली।

“कौन? मल्लिका-आलम!”

“हां, वही मल्लिका-आलम—जिसे तुमने एक दिन मक्खी की तरह मसलना चाहा था, मगर उसने अपनी चालाकी से तुमसे आज इस तरह इन्तकाम लिया है कि तुम कब्र में भी याद रखोगे।”

“परवेज!”—शहंशाह ने पुकारा।

“भाईजान!” परवेज रो पड़ा, “मुझसे खता हुई और वह खौफनाक खता आपकी जान लेकर ही रही—उफ! मुझे इसी नापाक मल्लिका ने बहकाया—मैंने चुपके से इसे अपने महल में लाकर मर्द का लिबास पहनाया और अपने दोस्त कमर के नाम से मशहूर किया—सब कुछ इसी के कहने से किया।” कहकर शहजादे परवेज ने मल्लिका को गर्दन पकड़कर दूर ढकेल दिया।

“वजीर! मेरे नादान भाई को सही रास्ते पर लाने की कोशिश करना।” सुलतान बोले— “मेहर...!” सुलतान की अवस्था अब बदतर होती जा रही थी।

“मेहर...!” सुलतान टूटी-फूटी आवाज में बोले—“मैं अब चला। अपनी प्यास, अपनी जलन, अपने साथ ही लिये जा रहा हूं। तुम इतनी सितमगर निकली कि मेरा ख्याल भी न किया। तुम्हारे ही लिए मैं बरबाद हुआ, मगर तुमने मेरी प्यास न बुझाई, फिर भी मुझे गम नहीं है, मेहर! खुश हूं कि आज जिगर की सारी जलन हमेशा के लिए रफा हो जाएगी। अफसोस सिर्फ एक बात का है कि कब्र में तुम्हारी सूरत देखने को न मिलेगी...।” सुलतान का गला फंस गया...मौत के आसार करीब नजर आने लगे—“हो सके तो तुम जहूर को खुश कर देना, मेहर!”

“यह क्या कह रहे हैं मेरे आका...!” मेहर ने अवरुद्ध कण्ठ से कहा—“अब यह नामुमकिन है। आप मेरे जिगर में हमेशा के लिए जलन छोड़े जा रहे हैं। मैं कहां जाऊंगी? क्या करूंगी मेरे महबूब!”

“दिल पर काबू रखो मेहर! मेरे लिए अफसोस न करो। खुदा को याद करो और जिस तरह तुम्हें खुशी हासिल हो, वही करना। मैं वजीर को कहे जाता हूं कि तुम्हारी हरेक बात पूरी की जाए।” सुलतान को एक हिचकी आई।

दूर से किसी के गाने की आवाज आ रही थी—

जिन्दगी भर रह गये प्यासे तुम्हारी चाह पर।

हो भला अब भी तो कुछ दे दे खुदा की राह पर॥

“हैं! किसकी आवाज है?” गले की आवाज कान में पड़ते ही सुलतान ने एक बार, फिर एक क्षण के लिए आंखें खोलीं और रुकते स्वर में बोले—“कादिर यहां भी आ गया। खुदा का शुक्र—बुलाओ उसे, उसको भी जाते-जाते देख लूं। या खुदा...या खुदा।” एकाएक तीन-चार हिचकियां क्रमशः आईं और अभागा सुलतान अपनी प्यास लिये हुए इस संसार से चल बसा।

मेहर रो पड़ीं—“मेरे आका! मेरे मालिक! मेरे शहंशाह!”

शहजादा और वजीर ने सुल्तान के मृत शरीर को अभिवादन किया।

दूर से घोड़े की टाप उसी ओर आती हुई सुनाई पड़ीं और थोड़ी ही देर में एक घुड़सवार वहां आकर घोड़े से उतर पड़ा।

उस पर दृष्टि पड़ते ही मेहर चौंक पड़ीं। वह उसका अब्बा अब्दुल्ला था।

“अब्बा!” मेहर उठकर बुड्ढे की ओर बढ़ी।

“मेरी बेटी!” कहकर वृद्ध अब्दुल्ला ने उसे अपने कलेजे से लगा लिया और हंसती-रोती आंखों से बोला—“आज सालों से इसी घोड़े पर दौड़ता हुआ तेरी खोज कर रहा हूं, बेटी! आज यह सुनकर कि तू सुल्तान के महल में है तो इधर आ निकला, मगर यह कौन है?”

अब्दुल्ला की दृष्टि सुल्तान पर जा पड़ीं—“मुसाफिर!”

“मुसाफिर नहीं, सुल्तान काशगर हैं ये अब्बा!” यह वाक्य जैसे मेहर का कलेजा चीरकर मुख से निकला था।

वृद्ध ने झुककर सुल्तान के शव के प्रति सम्मान प्रकट किया।

थोड़ी देर में सुल्तान की दृष्टि जहूर पर जा पड़ीं। उसे देखकर वृद्ध की भृकुटी तन गई। उसकी तलवार म्यान से बाहर हो गई।

“इसे माफ कर दो अब्बा!” मेहर ने कहा।

“माफ कर दूं? दुश्मन के जहरीले बच्चे को माफ कर दूं?”

बूढ़ा अब्दुल्ला दांतों से होंठ काटता खड़ा रहा चुपचाप।

“अब्बा!” मेहर बोली—“जब से तुमसे जुदाई हुई, मुझे परेशानी-ही-परेशानी उठानी पड़ीं। लाखों मुसीबतों को झेलते-झेलते ऊब गई हूं। मैं अब, फिर वहीं चलना चाहती हूं—वहीं अपने कबीले में। मुझे ले चलो मेरे अब्बा! मैं यहां रहूंगी तो पागल हो जाऊंगी। इन सब चीजों की याददाश्त! यहां रहने पर मेरे दिल की जलन को बढ़ायेंगे। चलो अब्बा, मैं एक पल भी अब नहीं रुकना चाहती...और रुकूं भी किसके लिए?”

“मैं बहुत खुश हूं बेटी, चलो!”

मेहर सुल्तान के शव के पास आकर बैठ गई और उनके सिर को अपनी गोद में लेकर बोली—“मैं जा रही हूं, मेरे आका! मुझे माफ करना। मैंने सचमुच तुम पर जुल्म ढाया। पानी रहते हुए भी तुम्हें प्यासा रखा। आज तुम्हारे चले जाने पर यह सब बातें मुझे याद आ रही हैं। मैं जा रही हूं, अफसोस और परेशानी लिए जा रही हूं—खौफनाक जंगल में घूमती हुई तुम्हारी याद को ताक्यामत जिन्दा रखूंगी, मेरे मालिक!”

मेहर उठी और जहूर के पास आकर बोली—“मुझे माफ करना जहूर! इस जिन्दगी में मैं तुम्हारी न हो सकी—तुम्हारी मुहब्बत का बदला न दे सकी—जा रही हूं, मुझे भूलने की कोशिश करना...।” कहती हुई मेहर अपने अब्बा के साथ घोड़े की ओर बढ़ी।

दोनों एक ही घोड़े पर चढ़ गये।

घोड़े पर चढ़कर आखिरी बार मेहर ने सुलतान के मुख पर दृष्टि डाली। उसका हृदय हाहाकार कर उठा। सूख गईं आंखों से पुनः

जलधारा बह निकली।

बेचारा कादिर, सुलतान और मेहर की खोज में शहर काशगर में घुस रहा था और आज गाता हुआ इधर ही आ निकला था, मगर उसे क्या मालूम था कि सुलतान और मेहर यहीं पर मौजूद हैं।

वर्षा होने लगीं। बिजली चमक उठी। कादिर गाता हुआ आ रहा था—

रग-रग में सोजे गम हैं आंसू निकल रहे हैं।

बारिश भी हो रही है और घर भी जल रहे हैं।।

सचमुच उस वक्त मेहर का दिल जल रहा था—उस पर वह बारिश। कितनी खौफनाक! मेहर की आंखों से आंसुओं की धारा अब भी जारी थी। कादिर अभी तक हृदय विदारक स्वर में गा रहा था—

आंखों में तेरे आंसू, कांटों पे जैसे शबनम।

दम भर जिंदगी पर कैसे उछल रहे हैं।।

"मैं जा रही हूं!" मेहर ने सबको सम्बोधित कर कहा।

वजीर और शहजादे आप्रद ने जाती हुई मेहर को सम्मानपूर्वक झुककर अभिवादन किया। भला, जिसे स्वयं सुलतान काशगर इतनी इज्जत देते रहे हों, उसका सम्मान वे क्यों न करते?

उसी समय जोरों की बिजली कड़क उठी। मजबूत घोड़ा मेहर और उसके अब्बा को लेकर भाग चला। मेहर घूम-घूमकर सुलतान की लाश को तब तक देखती रही, जब तक दूर क्षितिज के पास उसकी छाया विलीन नहीं हो गई।

मेहर महल को सूना छोड़कर अपनी 'जलन' लिये हुए चली गई। सुलतान की स्थिर आंखों में दो बूंद आंसू दिखाई पड़े, परंतु वे आंसू की बूंदें नहीं थीं।

कादिर के गाने की आवाज अभी तक आ रही थी—

"बारिश भी हो रही है और घर भी जल रहे हैं।"

भूमिका का अन्त

कहानी समाप्त कर चुकने पर मैंने तुरंत के चेहरे की ओर देखा, उसके गाल आंसुओं से भीगे थे। कहानी सुनकर वह सचमुच रो पड़ीं थीं।

मैंने अपने दिल की व्यथा इस कहानी में उड़ेल दी।

तुरन—मेरे दिल की रानी—अपने घर चली गईं थी, मेरे दिल में हमेशा के लिए जलन छोड़कर।

तुरन से आज तक मेरी भेंट न हुई। मैं उसके लिए दिन-रात तड़पता हूं। मुझे मैंटल डिसाडर्ट हो गया है। डॉक्टर ने रम लेने की राय दी है। आजकल रम का पैग चढ़ाकर कुर्सी पर बैठा हुआ कागज और कलम से खिलवाड़ किया करता हूं। मेरी आंखों में रहती है आंसुओं की बूंदें और मेरे सामने छाया रहता है घनघोर अन्धकार! मैं भी तड़पते हुए दिल की जलन बुझाने का व्यर्थ प्रयत्न करता हूं।

***